명탐정과
되살아난
시체

바다로 간 달팽이 022

명탐정과 되살아난 시체

1판 1쇄 발행일 2022년 8월 30일
글쓴이 정명섭 펴낸곳 (주)도서출판 북멘토 펴낸이 김태완
편집주간 이은아 편집 김경란, 조정우 디자인 안상준 마케팅 이상현, 민지원, 염승연
출판등록 제6-800호(2006. 6. 13.)
주소 03990 서울시 마포구 월드컵북로6길 69(연남동 567-11), IK빌딩 3층
전화 02-332-4885 팩스 02-6021-4885
ⓞ bookmentorbooks__ 🅕 bookmentorbooks ✉ bookmentorbooks@hanmail.net

ⓒ 정명섭 2022

ISBN 978-89-6319-463-9 03810

명탐정과 되살아난 시체

정명섭
지음

북멘토

차례

별점
테러

내 이름은 안상태. 고등학생이고, 별명은 상태 안 좋은 애, 돈독 오른 애, 돈벌레 등등이다. 부모님은 모두 가출했고, 할머니는 알코올 중독으로 병원에 입원 중이다. 여동생과 함께 반지하에서 살고 있다. 대한민국에서 돈이 없으면 어떤 신세인지 누구보다 빨리 깨달아서 내 목표는 하루 빨리 돈을 버는 것이다.

　　하지만 어린 나이에 돈을 벌 수 있는 길은 별로 없었다. 그래서 남들은 백수라고 부르지만 자기는 탐정이자 추리 소설가 지망생이라고 주장하는 민준혁 아저씨의 조수 노릇을 하며 용돈벌이를 하고 있다. 정확하게는 아저씨가 가끔 의뢰받는 사건의 조사를 돕는 것이다. 하지만 민준혁 아저씨가 하는 건 별로 없고 실제로는 내가 다 해결하는 편이다. 다만, 나이가 어리다는 이유로 주인공의 자리에서 밀려나 있다.

수업이 끝나자 무거운 침묵에 휩싸여 있던 학교는 말이 되살아났다. 시끌벅적하게 떠드는 아이들이 교문을 향해 달려갔다. 하지만 교문 밖에는 학원으로 가는 승합차들이 대기 중이었다. 그게 아니면 아이들의 어머니가 타고 있는 차들이 골목 사이에 빼곡하게 박혀 있었다. 학교라는 지옥을 겨우 탈출했건만 지옥의 수문장 케르베로스가 기다리고 있는 셈이었다.

학원으로 가는 승합차나 부모가 기다리고 있는 차에 올라탈 일이 없던 안상태는 운동장 구석의 등나무 벤치에 앉아서 휴대폰을 들여다봤다. 웹소설 사이트에 들어간 안상태는 미리 저장해 둔 웹소설의 다음 회가 나온 걸 확인하고는 클릭했다. 피 같은 돈이 나가긴 했지만 이 정도쯤이야 괜찮았다. 너무너무 기다렸던 웹소설이었기 때문이다.

"벌써 56회네."

그동안 빠짐없이 별점 테러를 한 덕분에 평점은 형편없었다. 거기다 한동안 달리던 악플도 이제 달리지 않기 시작했다. 악플보다 무서운 게 무플이라는 말처럼 아예 관심 밖의 대상이 된 것이다. 볼 수 있는 웹소설이 많은데 굳이 재미없는 걸 돈까지 내고, 시간을 들여서 보고, 욕까지 할 이유는 없었다. 이번에도 읽기도 전에 별점 테러부터 했다. 열심히 한 덕분인지 평점이 드디어 5점대 밑으로 내려갔다. 흡족한 안상태는 재미가 없다는 댓글을 달까 하다가 그만뒀다.

"이제 댓글까지 달 필요는 없겠어."

문제의 웹소설 제목을 다시 본 안상태는 혀를 찼다.

"제목이 '이세계로 간 명탐정'이 뭐야? 누가 탐정 중독자 아니랄까 봐."

그래도 예의상 읽어 봤지만 이번에도 별로 재미가 없었다. 이세계로 빨려 들어간 셜록 홈스가 맹활약한다는 내용인데 화끈한 싸움도 없고, 지루하게 범인을 쫓기만 해서 별로였다. 사이다까지는 바라지 않았지만 고구마도 너무 심한 고구마였다. 거기다 일반 소설을 쓰던 버릇이 남아 휴대폰으로 보는 웹소설에 적응을 하지 못해서 서사가 쓸데없이 길었다. 처음부터 끝까지 읽은 안상태가 중얼거렸다.

"누가 요즘 이렇게 긴 걸 읽는다고, 아이고야."

이걸 쓴다고 끙끙대면서도 잘돼서 엄청 돈을 긁어모을 것이라고 큰소리치던 민준혁 아저씨의 모습이 떠오르자 저절로 웃음이 나왔다. 무엇보다 주인공이 셜록 홈스인데 누가 봐도 자기로 그려 놓은 거 하며, 이세계에서 만난 조수 떨만이가 딱 안상태를 묘사했다는 게 짜증이 났다.

"해결은 내가 다 했는데 잘난 척하기는!"

말은 그렇게 했지만 미워할 수 없는 아저씨였다. 한참 어린 안상태에게도 나이를 앞세워서 윽박지르거나 꼰대 질을 하지 않았고, 자기가 잘못한 걸 솔직하게 인정했기 때문이다. 거기다 의외로 돈 욕심이 없어서 사건을 해결하 고 받은 보상금 상당수를 넘겨줬다. 그 돈은 여동생과 함 께 살아가는 안상태에게 큰 보탬이 되었다.

"그놈의 아재 개그랑 잘난 척만 적당히 하면 딱 좋은데 말이야."

혀를 차면서 일어나려는데 휴대폰 화면이 확 바뀌면서 민준혁 아저씨의 이름이 떴다. 타이밍 참 기가 막히다고 중얼거린 안상태가 전화를 받았다.

"상태 안 좋은 안상태입니다."

"어쭈, 이제 알아서 자진 납세하네. 상태 안 좋은 건 옛 날부터 알았지. 내가."

자기 말이 웃겼는지 민준혁은 한참 동안을 웃었다. 확 그냥 끊어버리고 싶었지만 돈이 아쉬운 상태라 꾹 참았다. 잠깐 침묵이 이어지고, 민준혁의 목소리가 들렸다.

"나랑 같이 일 좀 하자."

이럴 때는 꼭 경찰이 아니라 조폭 흉내를 낸다고 투덜거렸지만 항상 주머니 사정이 아쉬웠기 때문에 맞장구를 쳤다.

"형님이 하자고 하면 해야죠."

"어떤 놈이 말이야."

휴대폰을 바꿔 잡는지 잠깐 틈이 생겼다. 그리고 바람 빠지는 것 같은 한숨 소리와 함께 말이 쏟아져 나왔다. 흥분하면 말이 빨라지는데 그렇게 되면 침이 동반하기 때문에 가급적 떨어져 있어야 했다. 지금은 휴대폰으로 통화 중이라 그나마 다행이었다.

"내 소설에다가 악플을 남겨 놓고 있어. 별점 테러도 하나 봐."

얘기를 들은 안상태는 뜨끔했다. 방금 별점 테러를 한 게 바로 민준혁의 웹소설이었기 때문이다. 휴대폰을 바꿔 잡은 안상태가 대답했다.

"어떤 미친놈 소행일까요?"

"몰라, 조사해 봐야 할 거 같은데."

민준혁이 한다면 하는 성격인 걸 잘 아는 안상태는 조심스럽게 대꾸했다.

"익명일 텐데 어떻게 찾게요?"

"수단 방법을 가리지 말고 찾아봐야지. 야, 어떻게 딸만이 캐릭터를 더 살려야 한다고 그러는 거야? 딸빵하게 말이야."

"그렇죠. 주인공이 셜록 홈스인데 말이에요."

"아무튼, 이놈 반드시 잡아낼 거야. 수단 방법 가리지 않고 말이야. 감히 내 원고를 까?"

깔 만하니까 까는 거 아니겠냐는 말은 차마 하지 못했다.

"그래도 무플보다는 악플이 낫지 않아요?"

"악플도 정도껏이지. 내가 읽어 줄게. 잠깐만 기다려."

쓴 사람이 나라서 굳이 읽어 줄 필요까지는 없다는 말이 목구멍까지 치솟았다가 가라앉았다. 잠시 후, 흥분한 민준혁의 목소리가 휴대폰을 뚫고 나왔다.

"야, 이건 진짜 발로 자판을 눌러서 썼나 보다. 우리 집 고양이가 써도 이것보다는 잘 쓰겠다. 요즘은 개나 소나 다 작가라고 하더니."

사실은 그 뒤에 자음으로 'ㅉㅉㅉ'라고 덧붙였다. 하지만 그건 얘기하지 않고 다음으로 넘어갔다.

"이건 더 가관이야. 작가는 탐정이 좋은가 본데 추리 소설이나 제대로 읽고 써야 하지 않을까? 범인이 너무 대놓고 행동하는데 작가만 범인을 모르나 보다. 소설 속의 캐

릭터가 불쌍하긴 처음이네. 처음이야. 아이고, 맙소사."

그건 사실이었다. 복선이라고 깔아 둔 게 너무 티가 났기 때문이다. 하지만 그걸 지금 상황에서 지적할 수 없었던 안상태는 최대한 돌려서 말했다.

"댓글을 단 독자가 아저씨의 의도를 잘 파악하지 못했나 봐요."

"못하긴, 여기 하나 더 읽어 줄게. 이런 식으로 까면 작가는 독자가 내 작품의 의도를 파악하지 못한다고 정신 승리하겠지? 아서라, 작가가 독자를 이해시키지 못하면 뭣 하러 글을 쓰나? 그냥 잠이나 자라."

안상태는 자신이 쓴 글임에도 불구하고 하마터면 웃을 뻔했다. 어쩌면 하나같이 민준혁이 싫어할 만한 글을 썼는지 놀라웠기 때문이다. 하지만 여기서 웃다가는 의심을 살 게 뻔했기 때문에 꾹 참고 달래 주는 말을 건넸다.

"누군지 몰라도 너무했네요."

"너무한 게 아니지. 이건 범죄 행위라고! 창작의 자유를 짓밟는 범죄 행위!"

안상태는 재미없는 글을 쓰는 건 더한 범죄 행위라고 쏘아붙이고 싶었지만 꾹 참았다. 그렇게 얘기가 계속 길어지려는 찰나, 멀리서 최필립 패거리가 보였다. 다른 때라면 이 시간에 학교 안에 있을 리가 없었는데 오늘은 웬일인지 운동장 근처에 서성거리고 있는 게 보였다.

최필립은 잔혹하고 골때리는 놈이었다. 필립이라는 이름에서 알 수 있듯 호주에서 살다가 왔는데 이전 학교에서 여러 번 사고를 치고 이곳으로 강제 전학을 온 놈이었다. 머리도 똑똑하고 잔인한 데다가 집안에 돈이 많아서인지 삽시간에 기존의 강자들을 제압하고 학교의 일진이 되었다. 그리고는 이인자들을 서로 경쟁시키는 방식으로 자신의 권력을 유지했다. 부모 빽이 빵빵한 덕분에 학교에서도 쉽게 터치하지 못하는 존재였다. 그래서인지 얼마 전에 벌어진 사건도 조용히 넘어갔다. 그 일 이후, 학교에서는 아무도 못 건드리는 존재가 된 것은 두말할 나위가 없었다.

그러니까 어떻게든 최필립의 눈에 띄는 건 피해야만 했다. 패거리에 들어가고 싶지도 않고, 괴롭힘을 당하는 건 더더욱 싫었기 때문이다. 거기다 얼마 전에 최필립 패거리였다가 전학을 간 노시환에게 들었던 얘기가 떠올랐다. 최필립이 너를 끌어들이고 싶어 한다는 것이었다. 돈도 없고, 공부도 못하는 안상태를 왜 가입시키려고 하냐고 묻자 영화 대부의 대사를 들려주었다고 했다.

"친구는 가까이, 적은 더 가까이."

어쨌든 엮이면 좋을 일이 없었다. 무리를 지어 다니면서 누군가를 괴롭히는 것도 마음에 들지 않았다. 일단 피해야겠다는 생각에 벌떡 일어난 안상태는 최필립 패거리를 못 본 것처럼 자연스럽게 일어나서 돌아섰다. 그 패거리들이 교문 쪽에 있었기 때문에 자연스럽게 시선은 본관 옆의 강당 쪽으로 향했다. 그쪽으로 성큼성큼 걸어간 안상태는 여전히 휴대폰 너머에서 시끄럽게 떠들어 대는 민준혁에게 말했다.

"선생님이 부르셔서요. 이따 전화 드릴게요."

"야, 그러지 말고 좋은 소재 좀 찾아봐."

"알았어요."

서둘러 전화를 끊고 강당 쪽으로 걸어갔다. 뛰어가기라도 하면 눈에 띌까 봐 최대한 빠른 걸음으로 걸었다. 올림픽 중계할 때 가끔 봤던 경보 경기처럼 엉덩이를 뒤뚱거리면서 말이다. 강당 모퉁이에 기대서 헐떡거리며 조심스럽게 패거리를 살펴보던 안상태는 깜짝 놀라고 말았다.

"뭐야? 왜 여기로 오는 거지?"

최필립 패거리들이 몸을 숨긴 강당 쪽으로 오는 걸 본 안상태는 사색이 되었다. 강당 뒤쪽은 학교 담장인데 너무 높아서 넘어가는 건 불가능했다. 강당 안이라고 해 봤자 넓은 농구장이랑 무대, 그리고 화장실이 전부라서 마음먹고 뒤지면 독 안에 든 쥐 신세였다.

"어쩌지?"

사다리를 타고 지붕으로 올라갈까도 생각해 봤지만 그쪽은 최필립 패거리가 오는 방향이라서 들킬 게 뻔했다. 이리저리 숨을 곳을 찾는 와중에도 최필립 패거리들은 더욱더 가까이 다가왔다. 강당이라는 어색한 공간에서 마주치면 좋을 건 절대 없었다. 물론 그냥 당할 생각은 없었지만 지난번 학교에서 전학 오면서 졸업할 때까지 최대한 조용하게 지내야겠다고 마음먹었다. 따라서 눈에 띄는 건 최대한 피해야 했다.

숨을 곳을 찾느라 허둥거리는 와중에 강당 옆의 낡은 창고가 눈에 들어왔다. 예전에 강당 겸 식당이었던 곳이었는데 바로 앞에 새로 강당이 지어지면서 안 쓰게 된 곳이었다. 소문에는 쥐 떼들의 소굴이라서 식당으로도 쓰지 않게 됐다는 곳이었다. 거기다 왜 그랬는지 모르겠지만 너무 학교 안쪽에 지어 버리는 바람에 본관에서 가기도 멀었고, 외진 곳이라 햇빛도 잘 들지 않았다. 그래서 새로 강당이 지어지고, 본관 옆에 식당까지 만들어지면서 창고로 용도가 변경되었다. 그러면서 빈 곳이 되어 버렸는데 귀신이 나온다는 소문까지 돌았다. 학교에서 사고로 죽거나 자살한 아이들의 영혼들이 배회한다는 것이다. 그 소문 때문인지 일진들조차 가기를 꺼려 하는 곳이 되어 버렸다. 교실이나 죽은 장소가 아니라 왜 하필 으쓱한 창고일까라는 의문이 든 적은 있었지만 굳이 확인해 보지는 않았다.

"그래, 저기는 안 오겠지."

강당 벽을 따라 걷다가 창고 쪽으로 달려갔다. 다행히 운동장 쪽은 강당이 가로막고 있어서 보이지 않았다. 거기다 천만다행으로 낡은 문짝은 잠겨 있지 않아서 안으로 들어갈 수 있었다. 최대한 소리가 나지 않게 문을 닫자 시큼한 어둠이 다가왔다.

"엄청 어둡네."

창문은 모두 널빤지로 막았고, 안쪽에도 커튼 같은 걸쳐 놔서 그런지 대낮임에도 빛 한 점 없었다. 마치 어둠의 바닷속에 들어온 것 같은 기분이었는데 환기가 잘 안 되어서 그런지 공기조차 눅눅했다. 여동생이랑 살고 있는 반지하를 오랫동안 환기하지 않은 것 같은 느낌이었다. 손으로 벽을 짚은 채 최대한 문에서 멀어졌다.

"여기 숨어 있다가 나가면 되겠지?"

조금만 기다려야지라고 생각하는 순간, 창고의 문짝이 삐걱거리며 열렸다. 놀란 안상태는 바짝 엎드렸다. 어둠을 뚫고 뿔처럼 생긴 그림자들이 너울거렸다.

"여기야?"

가운데 선 그림자에서 최필립의 목소리가 들렸다. 그러자 옆에 있는 좀 기다란 그림자가 대답했다.

"맞아."

"구라면 죽는다."

"내 눈으로 똑똑히 봤다니까."

볼멘소리의 주인공은 이인자 중 한 명인 배대식이 분명했다. 농구부에서 스카우트 제의를 받을 만큼 큰 키라서 그림자도 제일 길었던 것이다. 그 순간 비웃는 듯한 코맹맹이 소리가 들렸다.

"잘못 본 거 아니야? 대식이는 눈이 나쁘잖아."

가벼운 웃음의 파도가 스쳐 지나갔다. 대식이에게 시비를 건 것은 김진수가 분명했다. 배대식과는 달리 키가 작고 뚱뚱한 진수는 코가 잘 막혀서 코맹맹이 소리를 내곤했다. 비웃음이 이어지자 배대식이 반박했다.

"볼 건 다 보거든? 진짜 확실하다니까."

배대식의 말에 최필립이 대답하는 소리가 들렸다.

"그러니까 그 새끼가 맞는 거지?"

안상태는 그 새끼가 누구일까라는 호기심에 패거리의 말에 귀를 기울였다. 배대식의 목소리가 뒤이어 들렸다.

"진짜야. 씨발."

"그 새끼가 어떻게 여기에 나타날 수 있는데? 뒈졌는데 말이야."

최필립의 말에 배대식이 우물쭈물하다가 대답하는 소리가 들렸다.

"나도 그게 이상하단 말이지."

"저 새끼 술 처먹고 헛걸 봤다니까."

김진수가 다시 끼어들자 최필립의 짜증 나는 목소리가 울려 퍼졌다.

"새끼야. 넌 입 좀 다물어."

"미, 미안."

최필립이 쏘아붙이자 김진수는 바로 꼬리를 내렸다. 창고 안으로 몇 걸음 들어온 최필립이 뒤에 서 있는 배대식에게 물었다.

"어디야?"

"저, 저쪽."

배대식이 가리킨 곳이 하필이면 안상태가 엎드려 있는

쪽이었다. 바짝 엎드렸다고 해도 몸을 숨길 곳이 없어서 조금만 더 걸어 들어오면 들킬 거리였다.

'왜 하필 도망쳐 온 데로 오는 거야. 미치겠네.'

심장이 터질 것처럼 두근거렸다. 그 와중에 어둠을 뚫고 들려오는 발자국 소리는 대포 소리만큼이나 크게 들렸다. 그런데 다가오던 발자국 소리가 멈췄다. 배대식이 불렀기 때문이다.

"내가 잘못 봤나 봐. 그냥 가자."

"지금 나랑 장난해?"

돌아선 최필립이 벌컥 화를 냈다. 하지만 의외로 짜증을 낸 다음 바로 돌아섰다. 말은 그렇게 했지만 어둠이 무서웠던 것이다. 안상태는 멀어져 가는 최필립의 발자국 소리를 들으며 안도의 한숨을 쉬었다.

'살았다.'

바로 그때 주머니에 넣어 뒀던 휴대폰이 미친 듯이 떨렸다. 진동으로 바꿔 놔서 소리가 나지는 않았지만 공기조차 멈춘 것 같은 창고 안의 어둠 속에서는 충분히 크게 들렸다. 망했다고 생각하는 순간, 돌아가던 최필립의 발자국 소리가 멈췄다.

"야! 들었어?"

"응, 안쪽인 거 같은데?"

배대식이 맞장구를 치자 다들 들었다고 했다. 그러자 최필립이 다시 돌아섰다. 그사이, 안상태는 휴대폰을 두 손으로 꼭 쥐고 최대한 진동 소리가 나지 않도록 했다. 하지만 너무 늦었다. 일어나서 도망칠까도 생각했지만 문이 하나밖에 없는 창고 안에서 도망쳐 봤자 독 안에 든 쥐 꼴이었다. 이제 망했다는 생각에 미칠 것 같았는데 다가오던 최필립이 휴대폰 조명을 켰다.

가느다란 빛줄기가 어둠 속에서 균열을 일으켰다. 이제 방향을 돌리기만 하면 끝이었다. 어둠 속에서 이상한 소리가 들린 건 바로 그때였다. 이빨을 딱딱거리는 소리 같기도 했고, 어둠끼리 부딪치면서 내는 음산한 소리 같기도 했다. 아무튼 난생처음 듣는 소리에 숨어 있던 안상태 역시 놀라기는 마찬가지였다. 다가오던 최필립도 놀랐는지 조명을 켠 휴대폰을 떨어뜨렸다.

"뭔 소리야? 이거."

창고 입구에 서 있던 패거리들도 웅성거렸다. 떨리는 김진수의 목소리가 들렸다.

"씨발, 저거 뭐야?"

"어디?"

배대식의 물음에 김진수의 목소리가 저쪽이라고 대답했다. 뒤이어 배대식의 째지는 것 같은 비명이 들렸다.

"녀, 녀석이야!"

최필립 패거리들은 비명을 지르며 도망쳤다. 최필립 역시 뭘 봤는지 모르지만 우당탕거리며 달아났다.

"같이 가!"

삽시간에 그들이 사라지자 안상태는 안도의 한숨을 쉬며 일어났다.

"살았다."

아직 근처에 있을지 몰라서 조심스럽게 문 쪽으로 걸어가는데 등 뒤에서 알 수 없는 소리가 들렸다.

"뭐, 뭐지?"

금속끼리 마찰되는 소리 같기도 하고 어둠이 뒤틀리는 소리 같기도 했다. 듣는 순간 등골이 싸늘하게 굳어져 버린 안상태는 마른침을 삼켰다.

'공포 영화 같은 거 보면 이럴 때 돌아보면 죽던데……'

하지만 돌아보지 않을 수 없었다. 천천히 고개를 돌린 안상태는 어둠 속에 우뚝 서 있는 것을 봤다. 그러고선 있는 힘껏 비명을 지르며 문 쪽을 향해 뛰었다.

밖에 최필립 패거리가 있거나 말거나 상관없었다. 한시

라도 빨리 그것에게서 멀어지고 싶었다. 밖으로 뛰쳐나온 안상태는 뒤도 돌아보지 않고 최대한 창고에서 멀어졌다. 강당까지 단숨에 뛰어간 안상태는 무심코 뒤를 돌아봤다가 깜짝 놀랐다. 창고의 문가에 선 그것이 자신을 뚫어지게 바라보고 있었기 때문이다. 하지만 그것은 창고 밖으로 나오지 않고 어둠 속으로 스며 들어갔다. 긴장이 풀린 안상태는 다리가 후들거려 그대로 주저앉았다. 한숨을 돌리는데 주머니 속에 넣어 둔 휴대폰이 다시 찌르르 울렸다. 떨리는 손으로 전화를 받자 민준혁의 짜증 난 목소리가 들렸다.

"전화 안 받고 뭐 해?"

"아까 전화한 게 아저씨였어요?"

"그래, 내 전화 잘 받으라고 했지?"

태연하게 얘기하는 민준혁에게 아저씨 때문에 하마터면 들킬 뻔했다고 소리를 지르려고 했다. 하지만 늘 돈을 먼저 생각하는 안상태는 이번에도 꾹 참았다.

"일이 좀 있어서 못 받았어요."

"학교 끝났지? 개봉동으로 와라."

"왜요?"

안상태의 물음에 민준혁이 짜증을 냈다.

"왜긴, 기획 회의 해야지."

"무슨 기획 회의요?"

"연재하는 곳에서 연락이 왔는데 평점도 낮고, 조회 수도 바닥이라 '이세계로 간 명탐정'은 더 이상 올리기 어렵대. 그래서 다음 주까지 새로 연재할 아이템을 달라고 하더라고."

결국 잘렸다는 통쾌함과 함께 귀찮게 되었다는 아쉬움이 한꺼번에 밀려오면서 안상태는 잠시 정신을 차리지 못했다.

"다음에 연재할 걸 저랑 상의한다고요?"

"그래, 담당자가 말이야. 요즘 웹소설은 학생들이 많이 읽는다면서 그쪽에 맞는 아이템을 달라고 했어."

"저, 바빠요."

"아이씨, 자꾸 튕길래?"

"튕기는 게 아니라 저도 고등학생이라고요. 공부하지 않으면 대학교 못 가요."

"회의비 줄게."

"얼마요?"

안상태는 반사적으로 대답하고는 아차 싶었다. 휴대폰 너머에서 자신을 비웃고 있을 민준혁의 표정이 떠올랐기 때문이다.

"시간당 5만 원."

"6만 원 주세요."

"어린애가 왜 이렇게 돈독이 올랐어. 사회가 문제라니까."

"그럼요. 저 같은 어린애한테 돈타령을 하게 만든 세상이 진짜 나쁘다니까요."

적당히 맞장구를 쳐 주자 민준혁이 껄껄 웃었다.

"6만 원 콜."

"어디로 갈까요? 케이에프씨는 없어졌잖아요."

"대신 버거킹 들어왔어. 개봉역에서 우리 집 쪽으로 와라. 옛날 육교 있는 데서 조금 더 오면 정류장 앞에 있어."

설명을 거지같이 한다는 생각이 들었지만 어차피 휴대폰으로 검색하면 되니까 상관없었다. 최대한 빨리 가겠다는 얘기를 하며 일어난 안상태는 창고를 바라봤다.

"내가 저기서 본 게 진짜일까?"

거기에 대한 대답이라도 하는 건지 창고의 문짝이 삐걱거렸다. 놀란 안상태는 얼른 발걸음을 돌렸다.

　개봉동의 버거킹은 넓고 깔끔했다. 점심과 저녁 사이의 애매한 시간이라 그런지 손님이 별로 없어서 2층의 창가 자리를 독점할 수 있었다. 와퍼를 입에 넣고 허겁지겁 먹어 대는 민준혁을 힐끔 바라본 안상태는 한숨을 쉬었다. 30대 후반인가 40대 초반으로 알고 있는데 덩치만 어른일 뿐 하는 짓이나 말투는 철부지나 다름없었기 때문이다. 그나마 일을 시키면 돈은 줬고, 이해심과 포용력을 발휘한다는 장점 덕분에 가깝게 지낼 수 있었다. 그런 생각을 하는데 옆에 있는 콜라를 쪽쪽 마신 민준혁이 말했다.

　"쪼그만 녀석이 세상 다 산 것처럼 한숨이야."

　"저도 이제 고등학생이거든요."

　"그래 봤자 민증도 안 나왔잖아."

　자랑할 게 나이밖에 없느냐는 불평불만이 튀어나오려고 했지만 시간당 6만 원을 떠올리며 꾹 참았다.

　콜라를 다 마시고 거하게 트림을 한 민준혁이 안상태를 바라봤다.

　"좋은 아이디어 없냐?"

　"자기 혼자 실컷 얘기해 놓고 이제 와서 저한테 묻는 거예요?"

"듣는데 6만 원이면 나쁘지 않았잖아."

나이는 공짜로 먹는 게 아니라고 가끔은 날카로운 통찰력을 발휘할 때가 있었다. 속으로 뜨끔해진 안상태는 얼른 입을 열었다.

"학교가 통째로 이세계로 옮겨 가는 건 어때요?"

"그건 많이 나왔어."

"주인공이 게임을 하다가 그 속으로 빨려 들어가는 건요?"

"그것도 많아. 내가 밀린 것도 그런 게임 판타지 때문이라고."

심드렁하게 대꾸한 민준혁이 안상태를 빤히 쳐다봤다.

"학교에서 뭐 재미난 사건 같은 거 없었냐?"

"재미난 일이 왜 학교에서 일어나요? 거긴 지옥인데."

"어쭈, 심오한 척하네. 고등학생이라 이거지."

"요즘 학교가 어떤지 모르시잖아요."

"하긴, 내가 요즘 태어나서 학교를 다니라고 하면 못 견뎠을 거야."

정말 가끔은 연타로 통찰력을 발휘할 때가 많았다. 얘기를 더 이어 가려고 했는데 민준혁이 폭탄 선언을 했다.

"더 할 얘기 없으면 가자."

"벌써요?"

최소한 두 시간은 버텨야 12만 원을 버는데 아직 한 시간밖에 안 지났기 때문에 안상태는 초조해졌다.

"아이디어가 안 떠오르면 잠을 자는 게 훨씬 더 효과적이지. 나이가 들어서 그런지 좀만 일해도 피곤하더라."

백수 주제에 뭐가 피곤하느냐는 말이 머리에 떠올랐지만 일단 꾹 참았다. 하지만 시간을 더 끌려면 이제 뭐라도 말을 해야 될 상황이었다. 주섬주섬 일어나려는 민준혁에게 안상태가 서둘러 말했다.

"오늘 학교에서 골때리는 일이 있었어요."

"무슨 일?"

예상대로 일어나려던 민준혁이 주춤거렸다. 일단 앉히는 데는 성공한 안상태는 잠시 주저하다가 입을 열었다.

"요즘 학교에서 괴상한 소문이 돌고 있어요."

"어떤 소문인데?"

"죽은 아이가 살아서 돌아왔다는 소문이요."

안상태의 얘기를 들은 민준혁이 코웃음을 쳤다.

"야, 좀 창의적인 거 없냐? 왜 다들 죽은 다음에 살아서 돌아와? 좀비도 아니고 말이야."

민준혁이 흥분해서 떠드는 소리를 듣다 안상태는 저도

모르게 짜증을 냈다.

"제가 직접 봤다고요. 아저씨."

"뭘? 좀비를?"

안상태는 고개를 끄덕거리면서 말했다.

"너겟 더 시켜도 돼요?"

"그럼. 얘기나 빨리 해 줘."

*

주문한 너겟이 올 때까지 입을 다물고 있던 안상태는 엉덩이를 들썩거리는 민준혁에게 말했다.

"몇 달 전에 학교에서 큰 사고가 있었어요."

"무슨 사고?"

"저랑 같은 2학년 중에 황한학이라는 아이가 있었는데요."

안상태는 그 아이를 떠올리느라 잠깐 입을 다물었다. 덥수룩한 머리에 침울해 보이는 표정, 축 처진 어깨, 자신감 없는 발걸음이 떠올랐다. 특별히 잘하는 게 없는 아이였다. 먼발치에서 볼 때마다 꼭 어둠을 닮은 것 같다는 느낌을 받았다. 옷차림도 그렇고 학원에 다니지 않은 걸로 봐서는 집안 형편은 어려운 게 분명했다. 심지어 부모님도 학교에 오지 않았다. 그 때문인지 최필립 패거리의 타깃이 되었다. 괴롭혀도 후환이 없었기 때문이다. 최필립 패거리는 다양한 방법으로 황한학을 조롱하고 못살게 굴었다. 다른 희생자들이 그렇듯 황한학 역시 하소연도 하지 못하고 참고 견뎠다.

그러던 어느 날, 사고가 일어났다. 황한학이 한밤중에 산 중턱의 공원에 갔다가 축대 아래로 추락해서 사망한 것이다. 학교는 발칵 뒤집혔지만 그나마 학교에서 죽은 게 아니라서 다행이라는 분위기로 흘러갔다. 그리고 묘한 소문이 돌았다.

"최필립 패거리가 황한학을 죽였다는 소문이 퍼졌어요."

"요즘 고딩들 장난 아니네. 사람을 죽였다고?"

"물론 직접 죽인 건 아니고요. 공원에 불러다가 때리고 괴롭혔는데 한학이가 그걸 못 견디고 도망치다가 난간에 걸려서 떨어졌다고 하더라고요."

"도망 다니다가 죽었다는 얘기네? 그럼, 사실상 걔들이 죽인 거 아니야?"

민준혁의 격앙된 목소리에 안상태가 고개를 저었다.

"확실한 건 몰라요. 걔네들은 공원에 가지 않았다고 했거든요."

"조사를 해 보면 나오잖아. 거짓말인지 아닌지 말이야."

"그 조사를 누가 하는데요?"

안상태의 물음에 민준혁이 우물쭈물했다.

"겨, 경찰이 하겠지."

"그럼 경찰에 신고해야 하잖아요. 누가 걔들을 신고하겠어요. 학교에서는 왕이나 다름이 없는데요."

"그래서 조사도 제대로 안 했단 말이야?"

"최필립도 그렇고 패거리들 부모들이 다들 엄청나대요. 학교에 와서 쑥덕거리더니 어떻게 무마한 거 같아요."

"아무리 그래도 조사도 안 하고 넘어갔단 말이야?"

"직접적으로 죽인 건 아니니까요."

안상태의 얘기를 들은 민준혁이 혀를 찼다.

"정의의 안상태가 그걸 그냥 넘어가다니! 상태가 정말 나빠졌네."

"제가 전학 오기 전에 벌어진 일이잖아요. 그리고 저보고 사고 치지 말고 얌전히 지내라고 한 게 누군데요?"

민준혁은 그 얘기를 듣고는 헛기침을 요란하게 했다.

"이, 이런 거까지 눈 감으라는 뜻은 아니었지."

"아무튼, 그렇게 유야무야되었는데 그 후에 그 아이가

나타났어요."

"떨어져 죽은 황한학 말이야?"

"네. 경비 아저씨부터, 본 사람들이 좀 있어요. 처음에는 다들 헛것을 본 거 아니냐고 넘어갔죠. 저 포함해서요."

"그런데 직접 봤단 말이지?"

민준혁의 물음에 안상태가 고개를 끄덕거렸다.

"오늘 낮에 학교에서 봤어요. 강당 뒤의 안 쓰는 창고에서요."

"학교에 원한이 쌓인 건가? 보통 귀신은 자기가 죽은 장소 주변에서 나타나잖아."

안상태는 민준혁의 얘기에 고개를 절레절레 저었다.

"한학이는 학교에서 죽은 거나 다름없죠. 거기서 괴롭힘을 당했으니까요."

"그렇긴 하지. 근데 상태 네가 본 게 한학이가 맞아?"

"제 눈으로 똑똑히 봤어요."

"보통 창고는 불을 안 켜 놓지 않아?"

추리 소설을 쓰는 탐정 지망생답게 이번에도 예리하게 파악했다. 안상태는 눈치 하나는 빠르다고 투덜거리면서 덧붙였다.

"잠깐 일이 있어서 들어가면서 불을 켰어요."

실제로 불을 켜지는 않았다. 하지만 이상하게도 잘 보였다. 최필립 패거리도 그래서 도망쳤던 것이라고 생각했다.

　"죽은 애가 맞아? 상태는 어땠는데?"

　자기가 한 말장난이 재미있다고 생각했는지 민준혁이 누런 이를 드러내면서 웃었다. 한 시간을 더 끌려면 참는 수밖에 없었다.

　"상태 안 좋아 보였어요. 눈은 빨간색이었고, 온몸이 상처투성이더라고요. 마치……."

　몇 시간 전의 일이었지만 기억하기 싫었던 안상태는 얼굴을 찌푸렸다.

　"죽었다가 살아난 것처럼요."

　"완전 영화네. 영화. 학교 폭력으로 희생당한 소년이 다시 부활해서 학교에 나타나다니!"

　말은 그렇게 했지만 흥미로워하는 눈치는 아니었다. 안상태는 나 같았어도 그랬을 거라고 속으로 생각했다. 어쨌든 시간을 더 끄는 데는 성공했다. 주섬주섬 가방을 챙긴 민준혁이 말했다.

　"야! 안상태. 좋은 아이템 좀 내놔 봐. 돈 줄게."

　"알았어요. 연락드릴게요. 아저씨."

　개봉동 버거킹에서 나와서 집으로 돌아갔다. 받아 낸

돈으로 슈퍼에 들러서 라면이랑 먹을 것을 샀다. 그리고 여동생이 좋아하는 과일도 조금 샀다. 여동생은 전쟁터 같은 집안 속에서도 공부를 꽤 했다. 그래서 안상태는 최대한 여동생을 챙겨 주기로 마음먹었다.

복수

내 이름은 민준혁, 개봉동을 지키는 추리 소설가이자 명탐정이다. 물론 어머니는 장가나 빨리 가라고 성화이긴 하지만 말이다. 세상에는 이상한 일들이 많이 벌어지고, 억울한 사연들도 생겨난다. 내 일은 경찰이 미처 해결하지 못하거나 관심을 가지지 못한 억울함을 풀어 주는 것이다. 일을 하다 보면 종종 오해를 받거나 무시를 당하곤 한다. 특히, 돈만 밝히는 꼬맹이 조수 안상태가 은근히 날 무시한다. 하지만 문제만 해결된다면 상관없다.

*

다음 날, 학교에 등교한 안상태는 아이들 분위기가 싸늘해져 있는 걸 느꼈다. 특히, 학교를 자기 집 안처럼 휘젓고 다니던 최필립 패거리가 온 데 간 데 보이지 않았다.

"대체 무슨 일이지?"

누구에게 물어보고 싶었는데 딱히 물어볼 아이가 없었다. 친하게 지낸 아이들이 별로 없었기 때문이었다. 선생님도 마찬가지였다. 담임 선생님을 포함해서 다들 입을 다물기로 약속이라도 했는지 조용하기 그지없었다. 결국 별로 친하지 않았지만 발이 넓기로 소문난 경욱이에게 슬쩍 다가갔다.

"야, 김경욱."

"어."

일단 반응이 나쁘지 않았기 때문에 슬쩍 물어보기로 했다.

"오늘 학교가 왜 이러냐?"

"왜 이러긴, 몰라서 묻는 거야?"

"알긴 아는데, 혹시나 해서 물어보는 거지. 우리 학교에서는 네가 가장 소식이 빠르잖아?"

은근슬쩍 추켜세워 주자 기분이 나쁘지 않았는지 경욱이가 씩 웃었다.

"그건 그렇지."

"그러니까 무슨 일이냐고? 궁금해 미치겠어."

"사실은 말이야."

마른침을 삼킨 경욱이가 주변을 슬쩍 살폈다가 입을 열

었다.

"어제 있잖아. 김진수가 심하게 다쳤어"

"진수면 최필립 패거리잖아."

"그래서 다들 숨도 크게 못 쉬고 있어. 범인으로 찍히면 끝장이잖아. 선생들도 찍소리 못 하고 있고 말이야."

그제서야 담임 선생님이 왜 아무 얘기도 안 했는지 알 것 같았다. 최필립이 무서운 게 아니라 학생이 다친 걸 떠벌릴 선생은 없었기 때문이다. 일단 가장 큰 궁금증은 해결한 안상태가 다시 물었다.

"어디서?"

이번에도 주변을 살펴보며 뜸을 들인 경욱이가 말했다.

"어젯밤에 공원에서 작살났대."

"어떤 공원? 설마."

안상태가 놀란 눈으로 말을 잇지 못하자 경욱이가 고개를 끄덕거렸다.

"한학이가 떨어진 거기."

"한밤중에 거긴 왜 갔대?"

"모르지. 새벽 운동 나온 아저씨가 발견해서 경찰에 신고했는데 처음에는 죽은 줄 알았대."

"어떻게 다쳤는데? 누가 두들겨 팬 거야?"

"그게 아니라……."

눈동자를 이리저리 굴리던 경욱이가 낮은 목소리로 덧붙였다.

"온몸이 물린 자국투성이였대."

"동물이 공격한 거야?"

"진수가 병원에 실려 가면서 황한학에게 당했다고 소리쳤다는 소문이야."

황한학의 이름이 나오자 안상태는 그대로 굳어 버렸다. 어제 낮에 최필립 패거리를 피하기 위해 숨었던 창고에서 안상태가 마주친 것도, 다름 아닌 죽었다고 알려진 황한학이었기 때문이다.

"진짜래?"

"모르지. 나도 그렇게 소문을 들었으니까. 근데 최필립 패거리 기가 확 죽은 걸 보면 사실인 거 같긴 해."

자신이 목격한 걸 최필립 패거리 역시 목격했다면 당연히 겁에 질렸을 것이다. 자신들이 죽인 거나 다름없는 황한학이 기괴한 모습으로 다시 나타났으니까 말이다. 생각에 잠겨 있던 안상태가 중얼거렸다.

"좀비네."

안상태가 중얼거리는 소리를 들은 경욱이가 손사래를

41

쳤다.

"야, 그런 얘기 함부로 하지 마. 걔들 귀에 들어가면 어쩌려고."

"자기들한테 책임이 없으면 이렇게 무서워할 필요 없잖아."

심드렁하게 대꾸하는 안상태에게 경욱이가 대꾸했다.

"그렇긴 한데 불똥이 어디로 튈지 모르니까 조심하는 게 좋잖아."

서둘러 얘기한 경욱이가 더 이상 엮이기 싫다는 듯 자리를 떴다. 안상태는 고개를 절레절레 흔들면서 창가로 향했다. 아직 싸늘한 아침 공기가 학교를 감돌고 있었다.

'어제 오후에 창고에 나타났고, 저녁때에는 자기를 괴롭히다가 죽인 아이한테 복수를 한 걸까?'

죽은 황한학이 살아났다는 허무맹랑한 얘기는 어제 낮에 창고에서 황한학을 직접 보지 못했다면 믿지 않았을 것이다. 하지만 버려진 창고에서 목격한 건 분명 황한학이었다. 살아 있는 건지 죽어 있는 건지 알 수 없었지만 말이다. 그사이 1교시가 시작되었다. 선생님이 들어오고 수업이 시작되었지만 아이들은 공부에 집중하기보다는 이번 사건에 대한 관심으로 크게 술렁거렸다.

쉬는 시간마다 소문들이 널뛰기처럼 뛰어다녔다. 대부분은 경욱이가 한 애기의 재탕이었다. 그러니까 어젯밤에 김진수가 왜인지 모르겠지만 황한학이 떨어진 공원에 갔다가 누군가의 공격을 받고 새벽까지 쓰러져 있었던 것이다. 뒤늦게 발견되어서 구급차에 실려 갔는데 의식이 거의 없는 상태에서 황한학의 이름을 계속 불렀다는 것이다. 그것이 무엇을 의미하는지는 다들 알고 있었다. 아이들은 조심스럽게 '복수'라는 단어를 입에 올렸다. 최필립 패거리들은 뭉쳐서 다니기는 했지만 눈에 보일 정도로 당황해했다. 오후에 경욱이가 새로운 소식을 알려 줬다.

"병원에 갔다 온 선생이 그러는데 김진수가 엄청 발작을 했대."

"발작이라니?"

"온몸을 뒤틀면서 입에 거품을 무는 거 있잖아. 옛날 영화 중에 엑스트라였나?"

"엑소시스트겠지."

"맞아. 거기에 나온 것처럼 발버둥을 쳤대!"

"병에 걸린 건가?"

뭔가 이상하다는 생각이 들어서 물었지만 경욱이도 거

기까지는 몰랐다. 그 대신 더 무시무시한 얘기를 들려줬다.

"최필립 패거리가 벼르고 있대."

"뭘?"

"진수를 공격한 게 우리 학교 애라고 생각하나 봐. 걸리면 가만 안 놔둔다고 큰소리치고 다니나 봐."

"어떤 간 큰 애가 걔네 패거리를 건드리겠어."

안상태의 말에 경욱이가 대답했다.

"물로 나도 그렇게 생각해. 그런데 최필립은 그렇게 생각하지 않나 봐. 그게 중요한 거지. 안 그래?"

"그렇지."

고개를 끄덕거리며 안상태가 대답하자 경욱이가 물끄러미 바라봤다.

"그러니까 너도 눈에 띄지 않게 조심해."

"내가 왜? 요술이라도 부려서 진수를 공격한 거래?"

"하여튼 조심하라고."

안상태는 대답 대신 고개를 끄덕거렸다. 그리고 경욱이의 말대로 수업이 끝나자마자 강당 쪽에 짱박혀 있다가 학교를 빠져나갔다. 골목길을 이리저리 돌아서 가는데 휴대폰이 부르르 떨렸다. 꺼내 보니 민준혁이 보낸 카톡이 와 있었다.

어이! 상태, 어디야?

집에 가고 있어요. 왜요?

왜요는 일본 이불이고.

안상태는 진짜 구석기 시대 아재 개그는 집어치우라고 하고 싶었지만 물주라서 꾹 참았다. 대신 화가 나서 머리에 뿔이 난 이모티콘을 보냈다.

어쭈, 반항하는 거야?

반항이라니요.
제 취향이 아니라는 뜻이죠.

얼른 꼬랑지를 내리자 민준혁은 다시 기분이 좋아졌는지 자기처럼 웃는 이모티콘을 보냈다.

무슨 일이세요?

웹소설 소재로 쓸 만한 거 없냐?

다시 쓰시게요?

이대로 포기하기는 아깝잖아.

그냥 포기하는 게 좋지 않겠냐고 말하고 싶었지만 역시 드러내서 말하지는 않았다. 아저씨가 다시 웹소설을 쓰면 앞으로도 악플과 별점 테러를 계속할 거라는 계획 또한 드러내서 말하지는 않았다.

잘 생각하셨어요.

그쪽 편집장이랑 통화했는데 좀
신선하게 새로운 소재를 가지고 오래.

어떤 소재로요?

모르지. 그래서 내가 물어봤더니
그걸 알면 자기가 쓰지 않겠냐고 하더라. 거참.

찾아볼게요. 얼마 주실 거예요?

이마에 피도 안 마른 놈이
돈타령이야.

타령해서 돈이라도 나왔으면 좋겠네요.
우리 집 사정 아시잖아요.

그래, 나라에서 너 같은 애를
도와줘야 하는데 말이야.

> 엄마 아빠 다 있고,
> 할머니까지 있어서 안 된대요.

소재 좀 생각해 봐. 30만 원 줄게.

> 정말이요?

짠돌이 민준혁 아저씨가 웬일이냐고 속으로 생각하는
데 카톡이 다시 보였다.

짠돌이가 웬일이냐고
생각하고 있지. 너?

> 무슨 말씀을요. 역시
> 민준혁 아저씨라고 생각하고 있었어요.

그동안 웹소설 쓴 거 정산받았어.
생각보다 많이 나왔더라.

> 재투자하시는군요. 멋지다.

그래야 작가지. 굶어 죽어도
내일 쓸 이야깃거리를 찾아야 해.

쓸데없이 비장한 얘기지만 어쨌든 돈 벌 거리를 확보한
안상태는 기분이 좋아졌다. 안 그래도 여동생이 고기 먹고
싶다고 했던 걸 떠올린 안상태는 재빨리 딜을 걸었다.

> 10만 원 먼저 주시면
> 아이템 찾아 드릴게요.

> 재미없으면 두 배로 반납하는 거니?

> 돈 없는 거 아시면서, 대신
> 기똥찬 걸로 찾아 드릴게요.

> 짜식이 또 형의 마음을
> 뒤흔드네. 계좌로 쏠게.

> 고맙습니다. 만수무강하세요. 😊

마지막에는 기분 좋으라고 웃는 이모티콘까지 보내 줬다. 그러고는 골목길을 걸어가는데 돈을 보냈다는 카톡이 왔다. 신이 난 안상태는 어느 정육점을 들릴까 생각했다. 발걸음이 가벼워지다 못해 날아갈 것 같았다. 최필립 패거리가 나타나서 앞을 가로막을 때까지 말이다. 도망치려고 했지만 이미 늦고 말았다. 배대식이 뒤쪽에 버티고 서 있었기 때문이다.

"필립이가 좀 보잔다."

"나를?"

배대식이 대답 대신 고개를 끄덕거리며 따라오라는 손짓을 했다. 그러고선 골목길 끝에 있는 작은 공원으로 끌고 갔다. 어르신들을 위한 운동 기구와 벤치 몇 개가 전부인 작은 공원에는 비둘기들이 한가롭게 햇빛을 쬐고 있었다.

최필립은 벤치 가운데 앉아 있었다. 배대식이 그 옆에 앉으라는 눈짓을 했다. 빠져나갈 길이 없는 안상태는 최필립 옆에 조심스럽게 앉았다. 전학을 온 이후 가장 가까이 앉은 것이다. 짧은 곱슬머리에 평범해 보이는 얼굴을 한 최필립은 푸른색 셔츠를 입고 있었는데 손목에 문신이 보였다. 안상태의 시선이 닿은 것을 느낀 최필립이 손목을 셔츠 소매로 가렸다.

"뉴질랜드에 있을 때 새긴 문신이야. 거긴 갱단끼리 이걸로 알아보거든."

여유 넘치고 포근한 말투였다. 모르는 사람이 본다면 학교 친구들끼리 공원에서 얘기를 주고 받는 것 정도로 볼 정도였다. 하지만 안상태는 바짝 긴장한 채 최필립을 바라봤다. 다리를 꼰 최필립이 느긋하게 말했다.

"긴장하지 마. 내가 뭐 잡아먹는 것도 아니고."

"미, 미안."

역설적으로 그 얘기를 듣고 더 긴장해서 말을 더듬고 말았다. 할 수 있는 게 바보같이 웃는 것뿐이라서 그렇게 하고 있는데 최필립이 말했다.

"진수 소식 들었지?"

"어, 드, 들었어."

아니라고 하고 싶었지만 그랬다면 이렇게 따로 찾아오지는 않았을 것이라는 생각에 안상태는 어정쩡하게 대답했다. 그런 안상태를 잠깐 바라본 최필립이 얘기했다.

"걔가 저녁때 공원에 가기 전에 나한테 전화했었어."

"공원에 가기 전에? 왜?"

안상태의 물음에 최필립이 얼굴을 살짝 찡그렸다.

"횡설수설하면서 그 녀석을 봤다고 했어."

그 녀석이 누구인지는 최필립의 표정을 보고 금방 알아차렸다. 안상태가 눈만 껌뻑거리자 최필립이 코웃음을 쳤다.

"모르는 척하지 마. 경욱이가 너한테 무슨 얘기했는지 다 들었으니까."

역시 괜히 학교 일진이 된 건 아니라는 생각에 안상태는 마른침을 삼켰다.

"드, 듣긴 들었어."

"어제 학교 끝나고 대식이가 창고에서 한학이를 봤다고 해서 거길 갔었거든."

"거기에 한학이가 왜?"

"몰라. 그래서 녀석을 따라서 창고에 갔는데 정말 개를 봤어."

그 순간이 떠올랐는지 최필립의 표정이 굳어졌다.

"걔는……."

안상태는 차마 황한학은 이미 죽지 않았냐는 말은 하지 못했다. 꼬고 있던 다리를 푼 최필립이 안상태를 바라봤다.

"죽었지. 그런데 죽은 애가 다시 돌아온다는 건 말이 안 되잖아. 좀비도 아니고 말이야."

"그, 그렇지."

"창고에서 보긴 했지만 너무 어두운데다가 애들이 너무 겁을 먹는 바람에 자세히 살펴보지는 못했어. 그런데 진수가 저녁때 전화를 해서는 녀석을 봤다고 하더라. 그리고는 가야 한다고 했어."

"어디로?"

"녀석이 자기를 부르는 곳으로. 그래서 헛소리하지 말고 잠이나 자라고 했지. 걔가 요즘 술을 마셔서 취한 줄 알았어. 혀도 좀 꼬였고 횡설수설해서 말이야."

"그리고 공원에 혼자 간 거야?"

안상태의 물음에 최필립이 고개를 끄덕거렸다.

"걔네 엄마한테 물었더니 저녁때 방에 틀어박혀 있다가 갑자기 나갔다는 거야."

"그리고 공원으로 왔다가 변을 당했구나."

"맞아. 온몸이 뭔가에 잔뜩 물린 것 같았고, 심하게 두들겨 맞았어. 병원에서는 생명에는 지장이 없다고 했는데 발작을 워낙 심하게 해서 당분간 입원해야 한다고 했어."

"발작?"

"황한학의 이름을 부르면서 계속 살려 달라고 하나 봐. 그러면서 심하게 몸부림을 쳐서, 아예 침대에 묶어 놨더라고."

찔러도 피 한 방울 안 나올 것 같았던 최필립의 얼굴에 비로소 공포감이 깃들었다. 그 얼굴 그대로 안상태를 바라봤다.

"걔가 거기서 뭘 봤던 걸까?"

"그, 그러게."

사실 그건 안상태도 궁금했다. 버려진 창고 안에 서 있던 건 분명히 황한학이었다. 하지만 서 있는 모습이나 눈빛은 사람이라고 보기 어려울 정도로 괴이했다. 경욱이의 말처럼 좀비일지 모른다고 생각하던 안상태의 귀에 최필립의 목소리가 파고들었다.

"난 그게 궁금해. 진수가 본 게 진짜 한학인지 말이야."

"그, 그건 경찰에게 물어봐야 하는 거 아니야?"

안상태의 대답에 최필립이 코웃음을 쳤다.

"짭새들이 뭘 알겠어. 그 공원은 시시티브이도 없어서 조사도 못 한대. 그래서 말이야."

최필립이 안상태를 바라보면서 덧붙였다.

"네가 좀 조사해 줬으면 좋겠어."

"뭐라고?"

놀란 안상태에게 최필립이 말했다.

"네가 왜 전학 왔는지 소문 들었어. 그리고 무슨 사건을 해결했는지도 잘 알고 있고."

"야, 그거 다 헛소문이야. 내가 무슨 능력이 있다고."

"지금 내 부탁을 거절하는 거야?"

최필립이 표정을 바꾼 채 말하자 안상태는 황급히 손사래를 쳤다.

"그게 아니라."

"누가 진수를 그 꼴로 만들었는지 알아내."

"내가 경찰도 아니고 무슨 수로 그걸……."

안상태가 목소리를 높이자 최필립이 휴대폰을 보여 줬다.

"여동생 예쁘더라."

그 말에 안상태의 가슴은 확 차가워졌다. 사진에는 안상태가 여동생과 사는 반지하의 창문이 보였다. 휴대폰을 주머니에 넣은 최필립이 말했다.

"뉴질랜드에서는 말이야. 항상 태풍이 불기 전에 조짐이 보였어. 하늘이 갑자기 맑아진다든지, 동네 고양이들이 싹 사라져 버린다든지 말이야."

"이것도 무슨 조짐이란 말이야?"

"원래 단단한 둑도 쥐새끼가 파 놓은 작은 구멍 때문에 무너지는 법이니까. 무슨 일인지 모르겠지만 이유를 알아야겠어. 어떤 쥐새끼가 파먹는지 말이야."

할 얘기를 다 했는지 최필립이 먼저 벤치에서 일어났다. 그러고는 주머니에 손을 찔러 넣고는 여전히 앉아 있는 안상태를 바라봤다.

"이유를 알아내면 남은 학교생활은 편안하게 지낼 수 있을 거야. 하지만 실패하거나 날 속이면……."

주머니에 넣은 손을 빼서 까닥거린 최필립이 덧붙였다.

"각오하는 게 좋을 거야. 학교든 집에서든 말이야. 일주일 줄게. 다음 주까지 범인을 찾아서 내 앞에 데려와."

섬뜩한 미소를 남긴 최필립이 패거리들과 함께 멀어졌다. 안상태는 최필립이 사라진 이후에도 한동안 벤치에서 일어나지 못했다. 생각지도 못한 짐을 떠안은 셈인데 문제는 그게 해결하기 어렵다는 점이었다. 죽은 황한학이 다시 나타나서 복수를 하고 있다고 하면 최필립이 믿을 리가 없었고, 사실이 아니라 누군가의 농간이라고 해도 밝혀 낼 방법이 없었다.

"그걸 일주일 안에 어떻게 해결하라고."

하지만 최필립의 말을 어기면 이 학교에서 무사히 지내는 건 불가능했다. 살고 있는 곳이 어딘지 알고 있으니 전학을 가도 소용이 없었다. 머리를 싸매며 방법을 찾아봤다. 그러다가 문득 생각이 하나 떠올랐다.

바로 휴대폰을 꺼내서 카톡을 보냈다.

> 아저씨.

어, 상태야.
아이디어 떠올랐어?

> 괜찮은 게 하나 생각났어요.

뭔데?

> 우리 학교에 이상한 일이
> 생겼다고 했잖아요.

어, 죽은 애가 살아서 돌아왔다며?

걔를 목격한 사람들이 늘어났어요.

야, 집단으로 미쳐 돌아가는 거야?
요즘 공부 때문에 스트레스를 많이 받나 보네.

제멋대로 상상한 민준혁의 말에 안상태는 이 아저씨는
여전히 멍청하다고 투덜거리며 카톡을 이어 갔다.

그거 조사해 보면 재미있을 거 같지 않아요?
실화면 독자들도 좋아할 거 아니에요.

실화도 실화 나름이지.

좀비가 실제로 나타났다고 하면 누가 믿겠어.

제가 봤다니까요.

넌 눈이 나쁘잖아.

좀처럼 낚이지 않는 민준혁의 대꾸에 안상태는 초조해
졌다. 어쨌든 도움이 필요했고, 도와줄 어른은 민준혁이
유일했기 때문이다.

오늘 학교에서 난리가 났었어요.

무슨 일이 일어났는데?

최필립 패거리 중 한 명이
공원에서 공격을 받고 끔찍하게 다쳤어요.

진짜?

네, 거기다 죽은 한학이의 이름을 부르면서
심하게 발작을 했다는 소문이 퍼졌어요.

거,
심상치 않네.

다행히 낚일 기미를 보이자 안도의 한숨을 쉰 안상태가
재빨리 카톡을 보냈다.

저랑 같이 이 사건 조사해 보실래요?
그리고 이걸로 웹소설을 쓰면 분명 대박날 거예요.

그럴싸한데?

제가 도와드릴게요.

콜. 어디서부터
조사할까?

한학이가 떨어진 공원에서
진수라는 애가 공격을 받았거든요.
거기부터 살펴보는 건 어때요?

현장을 먼저 가 보자 이거지.
좋아. 저녁때 볼까?

집에 들러야 해서요. 저녁 먹고 아홉 시에 공원에서 봐요. 제가 톡으로 위치 보내 드릴게요.

밤중에 현장으로 가면 공격당하는 거 아니야?

영화나 드라마를 너무 많이 보셨네요. 이따 봐요.

오케이.

민준혁과의 카톡을 끝낸 후 안상태는 후들거리는 다리를 재빨리 움직였다. 빨리 집에 가서 여동생에게 고기를 구워 주고 싶었기 때문이었다. 여동생에게 삼겹살을 구워서 먹인 안상태는 설거지를 하고 나갈 준비를 했다. 책상에 앉아서 교과서를 읽던 여동생이 어딜 가느냐고 묻자 짝퉁 나이키 모자를 쓴 안상태가 신발을 신으며 대꾸했다.

"잠깐 준혁이 아저씨 좀 만나고 올게. 공부하고 있어."

*

반지하에서 올라온 안상태는 가로등이 켜진 골목길을 지나 공원으로 향했다. 산 중턱에 있는 공원은 가운데 넓은 광장이 있고, 주변에 달리기를 할 수 있는 트랙이 감싸고 있었다. 드문드문 벤치와 운동 기구들이 놓여 있었는데 가로등이 중간중간에 서서 창백한 빛을 뿜어내는 중이었다. 많지는 않았지만 운동을 하거나 애완견을 데리고 나와서 산책하는 어른들이 보였다. 민준혁은 화장실 옆 벤치에 앉아 있었다. 두 팔을 위로 올리며 하품을 하던 민준혁은 안상태를 보자 입을 쩝쩝거리며 말했다.

"집도 가까우면서 이제 오면 어떡해?"

"여동생 밥 차려 주느라 늦어졌어요."

"그래, 여기서 좀비가 된 애가 나타나서 자기를 공격한 놈한테 복수를 했다는 거야?"

민준혁의 물음에 안상태가 고개를 끄덕거렸다.

"네. 그래서 오늘 학교가 발칵 뒤집혔어요."

그 여파가 자신에게도 미쳤다는 사실은 차마 말하지 못했다. 다행히 민준혁은 거기까지는 생각하지 못했는지 사건에 대해서만 물었다. 안상태는 김진수가 어떤 식으로 공격을 받았는지에 대해서 묻고는 공원을 바라봤다.

"아까 한 바퀴 돌면서 살펴봤는데 말이야. 여기 시시티브이도 별로 없고, 으슥한 곳이 너무 많아. 사고 나도 잘 모르겠는걸?"

"그래서 종종 일진들이 삥을 뜯거나 누굴 괴롭힐 때 여기로 불러요."

"황한학도 여기로 불려와서 괴롭힘을 당한 거야?"

"네, 도망치다가 자기 발로 높은 데에서 떨어졌다고 들었어요."

"그게 어느 쪽인데?"

안상태는 어둠을 가리키며 대답했다.

"저쪽이요."

"가 보자."

벤치에서 일어난 민준혁이 광장을 가로질러 갔다. 안상태는 그 뒤를 따랐다. 걸으면서 콧구멍을 후비던 민준혁이 물었다.

"괴롭힌 애들은 처벌받지 않았다고 했지?"

"조사도 제대로 안 했어요."

"아 씨, 유전무죄 무전유죄야?"

투덜거리며 걷던 민준혁은 은색으로 된 난간이 나오자 그쪽을 가리켰다.

"저쪽이야?"

"네."

난간 쪽으로 간 민준혁은 아래를 슬쩍 내려다봤다. 겁이 많은 아저씨답게 제대로 보지도 않고 뒤로 물러났다.

"겁나 높네. 몇 미터일까?"

"5미터는 너끈히 넘을 거예요."

"이런 높이에서 떨어졌으니 무사할 리 없지."

고개를 절레절레 저은 민준혁이 고개를 돌려 공원 쪽을 바라봤다. 그리고 고개를 들어서 바로 옆에 있는 가로등을 올려다봤다.

"근데 여기서 괴롭힘을 당하다가 도망친 거 맞아?"

"저도 직접 본 건 아니라서요. 왜요?"

"여기 가로등이 있잖아. 이 아래 절벽이 있다는 건 모를 수 있지만 난간은 보였을 텐데 여기로 도망쳤다는 게 어색해서 말이야."

"정신없이 도망쳤으면 그럴 수도 있죠."

안상태의 말에 민준혁이 바로 고개를 저었다.

"그랬다면 걸릴 곳이 많아. 난간 따라 벤치가 쭉 있고, 화단도 조성되어 있잖아. 안 보고 뛰었다면 저기에 걸려 넘어져서 난간을 봤을 거야."

민준혁의 말대로 난간 앞에는 벤치와 화단이 있어서 그냥 뛰다가는 걸려서 넘어질 것 같았다. 그렇게 얘기를 주고받고 있는데 갑자기 덩치 큰 검은 개가 나타났다. 민준혁은 놀라서 벤치 위로 뛰어 올라갔다. 그런 민준혁을 보고 안상태가 혀를 차고 있는데 개 주인이 나타나서 황급히 목줄을 당겼다.

"시몽, 시몽! 가만있어!"

시몽이라는 이름을 가진 검은 개는 그 자리에 앉아서 꼬랑지를 흔들었다. 개 주인은 추리닝 차림을 한 작은 체구의 중년 여인이었다. 그녀는 벤치 위에 올라간 민준혁과 그 아래 서 있는 안상태를 바라봤다.

"미안, 잠깐 목줄을 길게 했더니 뛰쳐나갔네. 걱정 마. 우리 개는 안 물어."

그제서야 주섬주섬 내려온 민준혁이 머쓱한 표정을 지었다.

"다행이네요."

"근데 경찰이야?"

중년 여인의 물음에 민준혁은 잠깐 당황했다가 대답했다.

"아뇨. 탐정이에요."

"어쩐지……. 사건 조사하러 온 거구나."

안상태는 민준혁을 올려다봤다. 말을 더 걸어 보라는 뜻이었는데 다행히 찰떡같이 알아들었다.

"어제 여기서 발생한 사건을 조사 중입니다."

"그럴 거 같더라. 시몽이랑 새벽에 산책 나왔다가 봤어."

"사건 장면을요?"

민준혁의 물음에 중년 여인이 시몽을 쓰다듬으며 말했다.

"그럼. 어휴, 정말 끔찍했어."

"얘기 좀 해 주실 수 있으세요?"

안상태가 끼어들어서 묻자 중년 여인이 자연스럽게 벤치에 앉았다.

"새벽이었을 거야. 요즘 불면증이 심해서 잠을 못 자고 있는데 시몽이 문을 자꾸 긁어서 산책을 나왔지. 우리 집이 저기 빌라라서 골목길만 좀 나오면 여기 공원이거든. 멀리 나가면 위험할 거 같아서 말이야."

알고 보니 투 머치 토커였는지 말이 술술 나왔다. 민준혁이 잠깐 말을 끊었다.

"사건이 벌어진 장소가 공원 어디였습니까?"

중년 여인은 손을 들어서 아까 민준혁이 앉아 있던 화장실 옆 벤치를 가리켰다.

"저쪽. 도착하니까 구급차가 와 있고 사람들이 몰려 있어서 가 봤지. 그랬더니."

생각만 해도 무섭다는 듯 온몸을 가볍게 떤 중년 여인이 말을 이어 갔다.

"어떤 애가 들것에 누워서 구급차에 실려 가고 있었는데 말이야. 온몸을 뒤틀면서 발버둥을 쳤어."

"상처가 심했나요?"

민준혁의 물음에 중년 여인은 잠시 생각하다가 고개를 저었다.

"이불 같은 거에 덮여 있어서 그건 못 봤어. 그런데 완전 미친 사람처럼 몸부림을 쳐서 구급 대원들이 누르느라 애를 좀 많이 먹었지. 그래서 술에 취해서 저런 건가 했더니 옆에서 그게 아니라고 했어."

"그럼요?"

"귀신이 들린 게 틀림없다고 하더라고. 마치 주문을 외우는 것처럼 사람 이름을 외우면서 살려 달라고 한 걸 보면 그런 것 같기도 해."

중년 여인의 얘기를 들은 안상태와 민준혁이 서로의 얼굴을 바라봤다. 가까스로 정신을 차린 안상태가 물었다.

"뭐라고 하면서 구급차에 탔어요?"

"자세히 못 들었어. 황으로 시작하는 이름을 부르고는 살려 달라고 하고, 잘못했다고도 하고. 아주 난리도 아니었어."

"그게 끝이었나요? 누가 공격했는지는 몰라요?"

안상태가 연거푸 질문을 하자 중년 여인은 잠시 생각하다가 고개를 저었다.

"내가 갔을 때는 이미 실려 가는 중이었거든, 옆에서는 귀신 들린 거 같다고 하고, 약을 먹은 것 같다고 했는데 잘 모르겠어. 그래서 시몽한테 그냥 돌아가자고 해서 공원을 빠져나오는데 말이야."

마른침을 삼킨 중년 여인이 옆에서 낑낑거리는 시몽을 쓰다듬었다.

"이상한 애를 봤어."

"어떻게 이상했는데요?"

민준혁의 물음에 중년 여인은 시몽을 끌어안으며 말했다.

"검정색 후드를 푹 눌러 쓴 애였는데 말이야. 옷도 지저분했고, 걸음걸이도 이상해서 처음에는 노숙자인 줄 알았지. 그런데 눈빛이 이상했어."

"빛이 났나요? 자동차 라이트처럼요?"

안상태가 불쑥 묻자 시몽이 불안한지 컹컹 짖어 댔다. 그런 시몽을 불안한 눈으로 바라보던 중년 여인이 일어났다.

"맞아. 눈에서 빛 같은 게 나와서 너무 무서웠어. 그래서 뒤도 안 돌아보고 집으로 돌아갔지. 오늘도 안 나오고 싶었는데 시몽이 하도 나가자고 졸라서 말이야."

불안한 표정의 중년 여인이 시몽을 데리고 사라졌다. 뒷모습을 바라보던 안상태가 휴우 하는 한숨을 내쉬며 벤치에 주저앉았다. 그걸 본 민준혁이 물었다.

"왜 그래?"

"저 아줌마가 봤다는 이상한 아이 있잖아요."

"후드를 쓰고 눈에서 빛이 났다는 애? 잘못 봤겠지."

"아뇨. 창고에서 봤던 한학이가 딱 그 모습이었어요."

넋이 나간 것 같은 안상태의 말에 민준혁이 눈살을 찌푸렸다.

"걔가 공원에 나타난 거라고?"

"진수를 유인해서 복수한 게 틀림없어요. 자기가 죽은 이 공원에서 말이죠."

안상태의 말에 민준혁이 말도 안 된다는 표정으로 껄껄거렸다.

"너, 만화책 너무 많이 본 거 아니야?"

"요즘 누가 만화책을 본 다 그래요. 요새 다 웹툰 봐요. 웹툰!"

"그거나 그거나지 뭐. 어쨌든 창고에서 본 아이랑 진수가 공격받았을 때 여기 있던 아이가 한학이라 이거지?"

민준혁의 물음에 안상태가 고개를 끄덕거렸다.

"그런 거 같아요. 살아 있느냐 죽어 있느냐가 문제이지 만요."

안상태의 얘기를 들은 민준혁이 코를 킁킁거렸다.

"장난인 줄 알았더니 목격자가 있었네."

"그럼 제가 장난치는 걸로 보였어요?"

"이상하니까 그랬지. 죽은 사람이 복수하기 위해 다시 나타나다니! 웹소설 소재로 나쁘지 않아."

그나마 관심을 보이고 있어서 다행이라는 생각에 안상 태는 한숨을 쉬었다.

"어디서부터 조사할지는 생각해 보셨어요?"

"일단 진짜 죽은 게 맞는지 알아보고 관련자부터 찾아 봐야지."

"관련자요?"

"응, 한학이가 죽은 일에 깊이 관련된 사람. 누가 있을 까?"

민준혁이 바라보자 안상태는 생각에 잠겼다.

"관련자라면 당연히 한학이를 괴롭혔던 최필립 패거리 겠죠. 하지만 다들 입을 다물 거예요."

"하긴, 잘못하면 감방에 갈지도 모르는 일이잖아. 그러면 한 명을 납치해서 거꾸로 매달아 놓고 물고문을 하면서……."

섬뜩한 얘기였지만 민준혁이 그럴 사람이 아니라는 걸 알고 있는 안상태는 농담으로 받아쳤다.

"손가락을 하나씩 자르는 게 좋지 않을까요?"

"그럼 나중에 진술서에 사인을 못 하잖아. 암튼 네가 그 학교 다니니까 한번 찾아봐. 나는 황한학이 진짜 죽은 건지 알아볼게."

"죽은 척하고 나타나서 복수하는 걸지 모른다고 생각하세요?"

"응, 공원에 나타난 게 진짜 황한학이라면 죽었다는 건 말이 안 되지."

"아무리 말이 안 되는 일이라고 해도 다른 게 몽땅 틀렸으면 그게 사실이라는 얘긴가요?"

안상태의 말에 민준혁이 손가락을 까닥거렸다.

"아니지! 불가능한 모든 것을 제외시키면 마지막에 남은 게 이상하더라도 그게 진실이라는 거야. 셜록 홈스의 명언을 멋대로 바꾸지 마."

"알겠어요. 내일 학교 끝나고 볼까요?"

"어쭈, 적극적이네. 좋아. 지난번 본 개봉동 버거킹에서 보자."

"알겠어요."

*

다음 날 오후, 햇살이 느긋하게 내리쬐는 중이었다. 하지만 경찰서 주차장 옆 벤치는 연기로 가득했다. 형사와 민원인들이 모여서 담배를 피웠기 때문이다. 담배 냄새를 끔찍하게 싫어하는 민준혁은 내내 얼굴을 찌푸렸지만 꾹 참았다. 경찰서 뒷문으로 강 형사가 나오는 게 보였다. 뱃살을 출렁거리며 다가온 강 형사가 한 손을 어색하게 들었다.

"오래 기다렸어? 과장이 불러서 갔다 오느라 늦었어."

"괜찮습니다. 제가 번거롭게 해 드리는 건데요. 뭘."

예전 사건에서 범인으로 오해받은 이후, 친하게 지내는 강 형사는 민준혁에게 큰 도움이 되었다. 이런 사소한 것쯤은 쉽게 넘어가야만 했다. 그래서 바로 옆 벤치에 앉은 강 형사가 주머니에서 담배를 꺼내서 불을 붙이는 걸 보고도 모른 척했다. 담배를 한 모금 쭉 빨고 연기를 내뱉은 강 형사가 늘 읊던 레퍼토리를 읊었다.

"야, 이놈의 담배 끊긴 끊어야 하는데 말이야."

"형사랑 탐정이 담배를 안 피우면 누가 피웁니까?"

"하긴 그렇지. 부탁한 걸 알아봤는데 말이야."

잠깐 뜸을 들인 강 형사가 말했다.

"황한학이라는 학생은 죽은 게 맞아."

"확실한가요?"

민준혁의 물음에 강 형사가 피식 웃었다.

"사망 진단서 확인했어."

"시신은요?"

"화장해서 어머니가 가져갔어."

"바꿔치기하거나 그런 건 아니고요?"

"영화 같은 거 너무 많이 보지 말라니까. 그게 말처럼 쉬운 줄 알아."

"어머니가 가짜이거나 그럴 수도 있잖아요."

"그것도 다 확인해. 엄마가 맞고, 혹시나 해서 아까 화장터 직원이랑 통화했다."

"그럼 다시 살아서 돌아온 건 그 아이가 아니겠네요?"

"현실적으로는 그렇지. 진짜 그 아이를 본 게 맞대? 약을 하고 헛것을 본 거 같은데?"

"상태도 봤다고 했어요."

대답을 들은 강 형사가 고개를 갸웃거렸다.

"그래? 어쨌든 황한학은 사망한 게 확실해. 그러니까 괜히 소설 쓰지 말라고."

"걔가 죽은 사건 자체는 조사 안 하나요?"

민준혁의 물음에 강 형사가 한숨을 푹 쉬었다.

"안 그래도 냄새가 나긴 하는데, 찔러 볼 구석이 없다."

"왜요?"

"사고 자체가 접수가 안 된데다가 증인이 사망했잖아. 걔를 죽인 애들이 입을 열면 모를까, 어려워."

"결국 정의는 저의 손에 달려 있군요."

민준혁의 말에 강 형사가 쓴웃음을 지었다.

"영화나 드라마 보면 형사나 경찰이 늘 흑막이나 병풍으로 나오긴 하지."

"왜 그런 줄 아세요?"

강 형사가 한 손에 담배를 쥔 채 민준혁을 바라봤다. 담배 연기 때문에 저도 모르게 얼굴을 찡그린 민준혁이 덧붙였다.

"경찰이나 형사가 사건을 해결하는 건 재미없으니까요. 저 같은 소시민이 해결해야 관객들이 통쾌하게 여기잖아요."

대답을 들은 강 형사가 "그건 그렇네."라고 껄껄거리며 웃었다. 더 이상 담배 연기를 견디기 어려워진 민준혁은 고맙다는 말을 남기고 일어났다.

죽은 자가
살아서 돌아오다

내 이름은 최필립. 뉴질랜드에서 지내다 돌아왔다. 학교에서는 다들 나를 무서워한다. 머리도 좋고, 잔인하기 때문이다. 나는 누군가를 괴롭히고 지배하는 것을 좋아한다. 어린 시절 뉴질랜드에서 백인 아이들에게 괴롭힘을 당했던 기억 때문일지 모르겠다. 그런데 요즘 무서운 일이 벌어지고 있다. 사실 말도 안 되는 일이긴 하지만 말이다. 어떻게든 이 위기를 벗어나야 할 거 같은데 자신이 계속 없어진다. 그동안 내가 남들을 괴롭힌 것에 대한 복수일까? 다시 뉴질랜드로 돌아가고 싶다.

*

다음 날, 안상태는 학교 수업이 끝나자마자 개봉동으로 향했다. 지난번 민준혁과 만난 버거킹에 도착하자, 창가

자리에서 와퍼를 허겁지겁 먹던 민준혁이 손을 들었다.

"상태야. 여기야."

앞자리에 앉은 상태는 감자튀김을 집어다가 입에 넣었다. 두세 개씩 집어서 먹는 모습을 본 민준혁이 혀를 찼다.

"요즘 학교 급식 별로야? 사흘 굶은 애처럼 먹어 대냐?"

"학교 급식은 너무 건강식이라서요. 저는 이런 기름기나 고기 좋아하거든요."

"그러면서 상태는 왜 그렇게 안 좋아? 카드 줄게 먹고 싶은 걸로 사와."

"고맙습니다."

안상태는 얼른 카드를 챙겨서 카운터로 갔다. 그리고 여동생이 먹을 와퍼까지 하나 포장해 달라고 해서 들고 왔다. 다행히 민준혁은 포장된 와퍼를 보고도 잔소리를 하지 않았다. 그 이유는 자리에 앉자마자 알 수 있었다.

"어제 생각해 봤는데 말이야."

"아이템이요?"

안상태는 속으로 혹시나 다른 거 하자고 할까 봐 겁이 났다. 돈을 토해 내라고 할 사람은 아니었지만 최필립에게 협박받은 문제를 해결하기 위해서는 민준혁의 도움이 필

요했기 때문이었다. 다행히 민준혁은 다른 생각을 하는 건
아니었다.

"일단 중요한 건 황한학이 죽었는지 살았는지 확인해야
하잖아."

"그건 그렇죠."

안상태의 대답을 들은 민준혁이 말했다.

"어제 강 형사 만났어."

"그 배불뚝이 아저씨요?"

"맞아. 물어봤더니 사망한 건 사실이라고 했어."

"직접 본 건 아닐 거잖아요."

"사망 진단서를 확인해 봤대. 추락에 의한 두개골 파열
로 사망."

민준혁이 머리가 깨지는 모습을 손짓으로 재현했다. 그
걸 본 안상태는 와퍼의 포장을 벗기면서 물었다.

"시신은 확인했대요?"

"화장했다고 하더라. 바꿔치기한 거 아니냐고 했더니
영화를 너무 많이 본 거 아니냐고 비웃더라. 어쨌든 황한
학은 법적으로 사망한 게 분명해. 문제는 다시 나타났다는
거지. 그것도 자기를 죽게 한 사람들 앞에 말이야. 우아,
이거 완전 한 편의 영화잖아? 영화!"

"공원에서 다친 김진수에 대해서는 나온 게 뭐 있나요?"

"아! 걔도 물어봤는데 조사 중이래. 피해자를 먼저 조사해야 하는데 워낙 심하게 다친 데다가 횡설수설을 자꾸 해서 말이야."

"진수가 한학이를 봤다고 하면요?"

"죽은 게 확실하다면 다른 쪽으로 생각하겠지. 아까 슬쩍 카톡으로 물어보니까 약을 해서 헛것을 본 게 아니냐고 하더라. 요즘 애들 약도 하니?"

안상태는 민준혁의 물음에 고개를 저었다.

"모르겠어요. 저는 약할 돈이 없으니까요."

"상태 많이 약해졌네."

이번에도 이름 가지고 재미없는 아재 개그를 하고는 자기 혼자 재미있다고 웃어 댔다. 그런 민준혁을 한심한 눈으로 바라보던 안상태가 물었다.

"그럼 진수에 대한 조사는 미뤄지겠네요."

"미뤄지는 정도가 아니라 조사를 더 할 계획이 없나 봐. 신고가 들어온 게 아니잖아. 경찰도 말이야. 너무 움직이질 않아. 안 그래?"

민준혁이 침을 튀기며 얘기할 때마다 입안에 있던 와퍼

조각 같은 것들이 날아왔다. 잽싸게 피하는데 성공한 안상태는 휴대폰을 꺼내서 테이블 위에 올려놨다.

"최필립 패거리 중에 얼마 전에 다른 학교로 전학 간 아이가 있어요. 노시환이라고."

"걔는 왜 전학을 간 거야? 권력 투쟁에서 밀려난 거야?"

"그런 건 아닌데 갑자기 전학을 갔어요. 한학이 사건이 터지고 얼마 안 있어서요."

안상태의 얘기를 들은 민준혁이 고개를 갸웃거렸다.

"냄새가 나네. 뭔가 있었던 거 아니야?"

"거기다 전학 가기 전에 저한테 최필립을 조심하라는 경고까지 해 줬어요. 원래 그렇게 친한 편은 아니었는데 말이죠."

"걔를 만나 보자고?"

민준혁의 물음에 안상태가 대답했다.

"한학이가 죽었을 때까지는 최필립 패거리였으니까 뭔가 알고 있는 게 분명해요."

"뭘 알아서 발을 뺀 걸 수도 있으니까……. 연락해 봤니?"

"네. 처음에는 할 말 없다고 했다가 자꾸 이상한 일이 일어난다고 하니까 알겠다고 하더라고요.”

안상태의 대답에 민준혁이 껄껄거렸다.

“진짜, 섭외 능력 하나는 끝내준다니까.”

“네 시까지 여기로 온다고 했어요.”

테이블 구석에 놓은 휴대폰을 본 민준혁이 말했다.

“금방이네.”

“그냥 탐정이고 조사 중이라고 했어요. 그러니까 너무 강압적으로 나가시면 안 돼요.”

“걱정 마라. 내가 한두 번 조사한 것도 아니고 말이야.”

그 얘기가 끝나기가 무섭게 문이 열리는 소리가 들렸다. 고개를 돌린 안상태는 손을 들었다.

“시환아! 여기야.”

머리는 파랗게 물들이고, 녹색 항공 점퍼를 입은 노시환은 안상태를 보고는 다가왔다. 맞은편에 앉은 민준혁에게 인사를 한 노시환이 자리에 앉자 안상태가 서둘러 말했다.

“이쪽은 내가 얘기한 탐정 아저씨야.”

“노시환입니다.”

노시환이 인사를 하자 민준혁은 특유의 푸근한 웃음을 지었다.

"그래, 만나서 반갑다. 아시다시피 학교에서 이상한 일이 벌어져서 말이야. 조사를 하는 중이야."

"경찰은 아니라고 들었는데요."

노시환이 조심스럽게 묻자 민준혁이 대답했다.

"응, 탐정이야. 경찰이 나서기에 애매한 사건들을 의뢰받아서 움직이지. 이번 건이 딱 그런 거라서 말이야."

"저도 얘기 들었어요."

그러면서 조심스럽게 안상태를 바라봤다. 안상태는 재빨리 끼어들었다.

"난리 났다니까? 다들 한학이가 다시 돌아온 거 아니냐고 수군거리고 있어."

"사실⋯⋯."

두 사람을 번갈아 바라보던 노시환이 말했다.

"그 일에 끼는 게 싫어서 전학을 간 거였어요. 그래서 부탁을 받긴 했지만 얘기하고 싶지는 않아요."

주저하는 듯한 노시환의 말에 민준혁이 말했다.

"무슨 심정인지는 알아. 하지만 지금 밝혀내지 않으면 일이 더 커질 게 분명해."

"알아요. 그래서 전학을 간 거고요. 죄송하지만 더 이상 끼어들고 싶지는 않아요. 오늘 그 얘기를 하려고 왔어요.

전화로 하면 자꾸 부탁을 할 거 같아서요."

그러면서 안상태를 바라봤다. 예상 밖의 대답에 안상태는 식은땀을 흘렸다. 오늘도 아무 일이 없긴 했지만 이제 6일밖에 안 남았기 때문이다. 뭔가 말을 하려는데 노시환이 일어났다.

"안녕히 계세요."

그때 안상태의 휴대폰이 부르르 떨리며 카톡이 왔다. 재빨리 카톡 내용을 살핀 안상태가 문 쪽으로 걸어가려는 노시환에게 말했다.

"대식이도 사고를 당했어!"

"뭐?"

고개를 돌린 노시환에게 안상태가 휴대폰을 건네줬다.

"경욱이가 보낸 카톡이야. 내용 읽어 봐."

노시환이 서서 휴대폰을 살펴보는 사이, 민준혁이 안상태에게 물었다.

"무슨 내용이야?"

"아까 최필립 패거리 중 한 명인 대식이가 자전거를 타고 가다가 차에 치였대요."

"그냥 사고 난 거 아니야?"

"그랬으면 연락을 안 했겠죠. 팔에 물린 자국이 있고,

미친 사람처럼 도로 한복판으로 자전거를 몰고 가다가 사고가 났다고 했어요."

안상태의 얘기를 들은 민준혁이 파랗게 질려 버린 노시환을 힐끔 보면서 대답했다.

"그럼 걔도 한학이에게 복수를 당한 건가? 상태는 어때? 상태야."

안상태는 그 와중에 또 말장난을 치는 민준혁이 얄미웠지만 물주에 이제는 도움을 받아야 할 처지라서 꾹 참았다.

"중상이래요. 마을버스에 치여 붕 날아가서 차 위에 떨어졌다고 하더라고요."

"완전 중상이겠네."

"대식이는 자전거를 끝내주게 잘 탔어요. 그러니까 대낮에 사고 같은 건 날 리가 없었어요."

얘기를 주고받는 사이, 노시환이 휴대폰에서 눈을 뗐기 때문에 둘은 약속이나 한 듯 바라봤다. 안상태가 휴대폰을 건네 받으면서 노시환에게 말했다.

"얘기를 더 하는 게 좋겠어."

"무, 무슨 얘기?"

말은 그렇게 하면서도 노시환은 의자에 앉았다. 깍지

낀 손을 턱에 괸 민준혁이 탐정스러운 표정을 지었다.

"이제 두 명째야. 그러니까 누구 소행인지는 모르지만 한 명 정도로는 만족하지 않는다는 뜻이지. 아마 패거리 모두 공격 대상일 거야."

"저는 이제 아니에요."

손사래를 치는 노시환에게 민준혁이 여유만만하게 웃었다.

"사건 당시에는 패거리였잖아. 그 이후에 나갔다고 봐줄 정도로 착한 거 같지는 않은데?"

민준혁이 웃으며 협박하는 와중에 안상태가 끼어들었다.

"맞아. 지난번도 그렇고 이번도 사고라서 경찰이 개입하지는 않을 거야. 그러니까 우리한테 다 털어놔. 그럼 단서를 찾아서 사건을 해결할 수 있어."

"저, 정말?"

노시환이 주저하면서 묻자 안상태가 민준혁을 가리켰다.

"준혁 아저씨는 내가 몇 년 전부터 봤는데 해결 못 하는 사건이 없었어. 그래서 경찰도 가끔 찾아와서 사건을 의뢰할 때가 많더라니까."

그러면서 존경을 담은 눈빛을 보냈다. 무슨 신호인지 알아차린 민준혁이 가볍게 헛기침을 했다.

"우리나라에서는 아직 탐정에 대한 인식이 별로라서 대놓고 활동하지는 못해. 하지만 경찰이 해결하기 곤란하거나 나서지 못하는 사건 여러 건 처리했지. 몇 년 전에 개봉동 아파트에서 일가족이 모두 자살하고 할아버지랑 여자아이만 살아남았던 사건과 아파트 경비 아저씨가 갑자기 실종된 것도 내가 해결한 거야. 상태랑 같이."

민준혁의 얘기를 들은 노시환의 표정이 조금 풀어졌다.

"정말이요?"

"그렇다니까? 이번 사건도 사실은 경찰의 요청도 좀 있었어."

"경찰이 부탁했다고요?"

노시환이 믿기지 않는다는 표정으로 묻자 지켜보던 안상태가 끼어들었다.

"사건이 접수되지 않았고, 무엇보다 죽은 아이가 다시 돌아온다는 게 말이 안 되잖아. 그래서 경찰도 나서지 못하고 있어."

안상태가 시간을 벌어 주는 사이 민준혁이 강 형사와 주고받은 카톡 내용을 보여 줬다. 황한학이 죽은 게 사실인지 얘기가 오갔고, 공원에서 다친 김진수에 관한 이야기도 오갔기 때문에 그대로 믿는 것 같았다. 한숨을 쉰 노시환이 두 손으로 머리를 감싸 쥐었다.

"어디서부터 얘기해야 할지 모르겠네요."

그러자 안상태가 조심스럽게 대답했다.

"그냥 편하게 하고 싶은 얘기해. 녹음 같은 거 안 하니까."

안상태가 거들자 민준혁이 깍지 낀 손을 풀면서 말했다.

"일단 황한학에 대해서 얘기해 볼까? 어떤 아이였니?"

"괴상한 아이였죠. 부적 같은 걸 가지고 다녔고, 아이들 사주 풀이도 해 줬어요."

"점쟁이였다는 말이니? 특이하네."

"엄마가 무당이라는 소문이 돌긴 했어요. 아무튼 좀 특이한 녀석이라 우리 쪽에서도 따로 건드리거나 괴롭히지는 않았어요. 대식이는 고깝게 보긴 했지만 최필립은 긁어 부스럼을 만들 이유가 없다고 했거든요."

"그런데 왜 괴롭힌 거지?"

"필립이가 어느 날부터 걔를 타깃으로 삼았어요. 우리야, 뭐……."

어깨를 으쓱거린 노시환이 불안한 표정으로 덧붙였다.

"시키는 대로 했어요. 재미있을 것 같기도 했고요. 대식이가 제일 앞장서서 한학이를 괴롭혔어요."

애기를 듣던 안상태가 끼어들었다.

"좀 전엔 따로 건드리지는 않았다면서? 긁어 부스럼을 만들 이유는 없다더니 왜 갑자기 최필립 생각이 달라진 거지."

주저하던 노시환이 안상태를 바라봤다.

"내 생각인데 말이야. 하나 때문인 거 같았어. 김하나."

"김하나가 누군데?"

"아, 네가 전학 오기 전에 전학을 가서 모르겠구나. 최필립의 여자 친구였어."

"진짜?"

안상태가 놀라는 와중에 노시환의 애기가 이어졌다.

"나도 들은 애긴데 김하나랑 황한학이 가까운 사이라는 거야. 거기다 얼마 후에 김하나가 최필립을 쌩까고 전학을 가는 바람에 일이 커졌지."

"어떻게 보면 차인 걸로 볼 수 있네?"

민준혁이 끼어들어서 묻자 노시환이 고개를 끄덕거렸다.

"가오를 중요하게 생각하는 필립이라서 더 열받았을 거예요."

"그래서 그 화풀이를 한학이한테 했구나."

"네. 온갖 방법으로 괴롭혔어요. 그러다가 그날, 공원으로 나오라고 했어요."

"사고가 난 그 공원?"

노시환은 민준혁의 물음에 고개를 끄덕거렸다. 지켜보던 안상태가 물었다.

"그날 무슨 일이 있었던 거야?"

"불러내서 패거리들이 괴롭혔지. 대식이가 담배빵을 놓고, 진수는 계속 발로 걷어찼어."

"최필립은?"

"지켜봤지. 걔는 직접 손대지 않아."

듣고 있던 민준혁이 영악한 녀석이라고 중얼거렸다. 초조해진 안상태가 다시 물었다.

"한학이는 거기서 왜 뛰어내린 거야? 아니면……."

"한참 두들겨 맞고 괴롭힘을 당하다가 갑자기 대식이에게 덤벼들었어. 그러자 대식이가 주먹으로 명치를 때려서 쓰러뜨렸고, 발로 밟아 버렸지. 밤중이긴 하지만 산책하는 어른들도 있어서 그만하라고 말리려는데 갑자기 한학이가 벌떡 일어났어. 완전 피범벅이 된 채 말이야. 그리고는……."

마른침을 삼킨 노시환이 덧붙였다.

"우리들을 손가락으로 하나하나 가리키면서 외쳤어."

"뭐라고?"

안상태의 물음에 노시환이 겁에 질린 표정으로 말했다.

"복수하겠다고……. 남김없이 복수하겠다고 했어. 그래서 다들 어쩔 줄 몰라 하는데 최필립이 갑자기 한학이의 가슴을 걷어차 버렸어. 너무 심하게 패기 시작하는 바람에 놀라서 뜯어말리는데 쓰러진 한학이가 갑자기 발작을 했어. 온몸을 마구 뒤트는데 눈동자마저 안 보여서 진짜 귀신 들린 줄 알았다니까."

얼굴을 찡그린 노시환이 얘기를 이어 갔다.

"최필립조차 어쩔 줄 몰라하는데 갑자기 한학이가 뛰어갔어."

"난간 있는 쪽으로?"

민준혁이 묻자 노시환이 고개를 끄덕거렸다.

"네, 그리고는 난간 위에 서서는 우리를 노려봤어요. 아주 끔찍한 표정으로 말이죠."

"그리고 뛰어내린 거야? 자기 스스로?"

"네, 쿵 소리가 들려서 너무 놀라서 다들 뿔뿔이 흩어져서 집으로 돌아갔어요. 그리고 카톡으로 어떡해야 하지 걱정하는데 최필립이 자기가 수습할 테니까 입 다물고 있으라고 해서 그냥 모른 척했습니다."

"그렇게 돌아갔군."

팔짱을 낀 민준혁이 가만히 고개를 끄덕거리는 사이, 안상태가 노시환을 바라봤다.

"필립이는 무슨 빽으로 수습을 한 거야?"

"모르겠어. 다음 날, 필립이 부모님이 교장 선생님을 찾아왔던 것 같아. 그 이후에 조용히 넘어갔지. 사고가 난 곳이 학교도 아니고, 한학이는 눈에 띄는 애가 아니었으니까."

얘기를 마친 노시환이 한숨을 푹 내쉬며 고개를 떨궜다. 그 모습을 지켜보던 안상태가 물었다.

"그런데 넌 왜 전학 간 거야?"

"사, 사실은……."

주저하던 노시환이 입을 열었다.

"한학이가 한 얘기가 너무 마음에 걸렸어. 미안하기도 해서 담임 선생님한테 물어서 장례식장에 찾아갔었어. 한참 비바람이 불고 천둥이 칠 때였어."

노시환의 목소리가 점점 떨렸다.

"접수하는 곳에 물으니까 지하로 내려가라고 하더라. 그래서 어두운 계단을 내려갔는데 말이야. 한쪽이 정원으로 되어 있어서 유리창으로 바깥이 보였어. 그런데 소리는 안 들리고 빛만 번쩍거렸어."

"번개가 쳤구나?"

민준혁이 끼어들자 노시환이 고개를 끄덕거렸다.

"맞아요. 번개가 심하게 번쩍거려서 좀 무서웠어요. 그리고 거기서 누가 굿을 하는 걸 봤어요."

"누가?"

"한학이 엄마요."

"한학이 엄마가 굿을 했다고?"

"네. 영화에서 본 것같이 알록달록한 꽃이 잔뜩 달린 모자를 쓰고 한학이 사진을 끌어안고 이상한 소리를 내면서 춤을 췄어요. 빙글빙글 돌면서요."

"그런 굿도 있나?"

민준혁이 안상태를 바라보면서 물었다. 안상태는 모르겠다는 듯 고개를 저었다. 그사이 마른침을 삼킨 노시환의 목소리가 이어졌다.

"잘 모르겠지만 굉장히 무서웠어요. 옷에 방울 같은 게 달려 있어서 춤을 출 때마다 딸랑거렸는데 미치도록 소름 끼쳤거든요. 거기다 마치 귀신처럼 화장을 해서 보자마자 기절하는 줄 알았어요."

"그게 만약 굿이라면 자기 아들이 억울하게 죽어서 혼

을 달래 주려고 한 거겠네.”

민준혁이 아는 척을 하자 안상태가 떨고 있는 노시환을 바라봤다.

“그래서?”

“내가 온 줄도 모르고 한참 빙글빙글 돌면서 춤을 췄어. 그리고는 아들 사진을 놓고 털썩 주저앉더니 뭐라고 중얼거렸어. 좀 떨어져 있어서 잘 몰랐는데 새 생명이니, 복수니, 어쩌고 한 건 기억 나.”

노시환이 얘기를 들은 민준혁이 황당하다는 표정으로 안상태를 바라봤다.

“무당 엄마가 죽은 아들을 부활시켜서 복수라도 하려고 그랬다는 거야? 삼류 공포 영화도 아니고.”

안상태는 계속 들어보자는 눈짓을 했다. 헛기침을 한 민준혁이 노시환을 바라봤다. 노시환이 떨리는 목소리로 말을 이어 갔다.

“돌아가고 싶었지만 발이 떨어지지 않았어요. 그렇게 우두커니 서 있는데 어느 순간 정신을 차려 보니까 한학이 엄마가 제 앞에 서 있었어요.”

“앞에 서서 뭘 했는데?”

“그냥 노려보기만 했어요. 말없이 내려다보는데 오줌을

지릴 정도로 무서웠어요."

듣는 것만 해도 숨이 막힌 안상태가 얼굴을 찡그렸다.

"그리고는?"

"한참을 내려다보다가 한마디 했어. 도망치라고…….
그것도 한학이 목소리로 말이야."

듣고 있던 민준혁이 살짝 놀란 표정으로 물었다.

"누구?"

"한학이요. 황한학 목소리가 틀림없었어요. 도망치라고
했어요."

"야, 이거 소설도 아니고 뭐야?"

심각한 표정을 지은 민준혁이 요란하게 헛기침을 했다.
안상태는 창백한 얼굴로 앉아 있는 노시환을 바라봤다.

"한학이 목소리가 틀림없었니?"

"응, 그다음은 잘 기억이 안 나. 정신을 차려 보니까 집
이었어. 너무 무서워서 방에 꼼짝없이 틀어박혀 있었는데
며칠 후에 이상한 얘기를 들었어."

"무슨 얘기?"

"한학이 엄마가 다 용서해 줄 테니까 우리들이 입던 옷
이나 신고 있던 신발을 하나씩 달라고 했어."

"뭐라고?"

놀란 안상태를 대신해서 민준혁이 물었다.

"왜?"

"그걸 한학이의 사진이랑 태워서 원한을 없애고 저승으로 혼을 보낸다고 했어요."

"골때리네."

"엄마도 이상하게 생각했는데 그 부탁만 들어주면 없던 일로 해 주겠다고 해서 승낙했다고 하더라고요. 그래서 말씀드렸어요."

"무슨 말씀을 드렸는데?"

"제 걸 보내지 말라고요. 어머니도 찜찜하게 생각하셨는지 알겠다고 했어요."

"그럼 다른 사람 걸 보냈다는 거야?"

민준혁의 물음에 노시환이 대답했다.

"쓰레기장에 버려진 신발을 깨끗하게 닦아서 보내셨어요. 나중에 물어보니까 다른 아이들은 별생각 없이 자기들이 쓰던 걸 보냈다고 하더라고요."

"그 후에 전학을 간 거지?"

"내내 불안했어요. 그때까지는 아무 생각도 없었는데 한학이가 그렇게 죽고, 장례식장에서 걔네 엄마가 이상한 굿을 하는 걸 보고는 덜컥 겁이 났어요. 그래서 엄마한테 얘기해서 전학 가고 싶다고 했죠. 엄마도 제가 걔네들이랑 어울리는 걸 싫어하고 계셔서 일사천리로 전학을 갈 수 있었어요."

노시환 얘기를 듣고 있던 안상태가 끼어들었다.

"나한테 경고한 것도 그때쯤이고?"

"최필립은 겉만 멀쩡하지 완전 미친놈이야. 옆에서 보면서 조마조마할 때가 한두 번이 아니었거든? 걔가 네 얘기를 하는 걸 보고 귀띔해 주기로 한 거야. 내가 전학 가기 전에……."

안상태와 얘기를 하던 노시환에게 민준혁이 물었다.

"이후에는 별다른 일이 없었니."

"네. 얼마 전에 대식이가 한학이를 본 거 같다고 저한테 연락한 적은 있었어요."

"어디서 봤다는데?"

"학교에서요. 창고로 쓰는 예전 강당 근처에 서 있는 걸 본 적이 있다고 했어요."

"너는 본 적 없고?"

민준혁의 물음에 노시환이 고개를 저었다.

"없었어요."

"결국 한학이 어머니에게 신발이나 옷을 준 아이들 앞

에만 한학이가 나타난 거네?"

"그런 셈이죠."

노시환의 대답을 들은 안상태는 처음 버려진 창고에서 배대식을 비롯한 최필립 패거리들이 왜 그렇게 겁에 질렸는지 알아차렸다. 그리고 자신에게 왜 일주일 안에 해결하라고 윽박질렀는지도 이해했다. 그만큼 무서웠기 때문이다. 어쨌든 살아 있는 존재가 아니었기 때문에 다른 애들에게 그랬던 것처럼 협박이나 주먹질을 할 수도 없었기 때문이었다. 다시 팔짱을 낀 민준혁이 말했다.

"막장보다 더 흥미로운데? 그러니까 일진들에게 괴롭힘을 당한 애가 자살했고, 무당인 어머니가 복수를 위해서 죽은 자식을 좀비로 되살린 거잖아."

"자꾸 흥미 위주로 가지 말고요. 이건 진짜잖아요."

안상태가 짜증을 내자 민준혁이 씩 웃었다.

"그렇지. 하지만 누가 그걸 믿겠어. 당장 강 형사한테 소설 쓰지 말라는 얘기를 들었는데 말이야."

둘의 얘기가 길어지자 노시환이 주머니에 손을 찔러 넣은 채 일어났다.

"아무튼 제가 알고 있는 건 다 말씀드렸어요."

"그래, 앞으로 반성하고 살아라."

민준혁의 말에 노시환이 한숨을 푹 쉬었다.

"이런 일을 겪으니까 나도 모르게 착해지더라고요. 요즘 엄마 말도 잘 들어요."

"무슨 일 생기면 상태한테 연락하고."

"알겠습니다. 안녕히 계세요."

고개를 숙여 인사를 한 노시환이 버거킹을 나갔다. 창문을 통해 노시환이 멀어지는 걸 지켜보던 안상태에게 민준혁이 말했다.

"소재로는 딱이네."

"그럼 남은 20만 원도 주시는 거죠?"

안상태가 재빨리 말하자 민준혁이 고개를 저었다.

"좀 더 조사해 보고."

"이제 다 나왔잖아요."

"어허! 이제 시작이지. 너무 성급하게 굴지 말라고, 조수."

안상태는 어이가 없었지만 남은 돈을 받기 위해서, 그리고 최필립의 요구대로 빨리 사건을 해결하기 위해서 꾹 참고 물었다.

"이제 어쩌죠?"

"두 가지 조사를 해 봐야지."

"두 가지요?"

"우선은 황한학의 어머니가 어떤 사람인지 알아봐야 하고, 아까 누구였지? 아, 맞다! 김하나라는 여학생을 만나봐야 할 거 같아."

"황한학의 어머니가 진짜 죽은 자식을 살릴 능력이 있을까요?"

"소설에서는 가능하지. 현실에서는 잘 모르겠다. 보지 못했으니까."

"사망해서 시신까지 화장했다면서요."

"그것 역시 내가 직접 본 건 아니잖아. 황한학이 죽은 게 진짜라면 네가 본 건 뭔데?"

뜨끔해진 안상태는 그때를 떠올려 봤다. 괴이하게 변했지만 누가 뭐래도 황한학이 분명했다. 머리가 복잡해진 안상태가 긴 한숨을 쉬자 민준혁이 꺼억 하는 소리와 함께 트림을 했다.

"일단 나는 황한학의 어머니 쪽을 캐 볼 테니까 너는 김하나 쪽을 알아봐."

"황한학이랑 무슨 관계인지 알아보란 얘기예요?"

"최필립이 처음에는 가만있다가 갑자기 빡친 이유가 있을 거 아니야. 거기다 개도 전학 갔다며?"

"네, 제가 이 학교로 전학 오기 전이라 잘 몰랐어요."

"전학을 간 이유도 연관이 있겠지. 예를 들면 황한학이랑 편하게 만나려고 전학을 갔을 수도 있고 말이야."

"친구들한테 연락처 물어볼게요."

"내일 여기서 다시 만나자. 중간중간 카톡 해 줘."

다행히 민준혁이 사건에 흥미를 가지고 계속 조사를 한다는 사실에 안도한 안상태가 맑은 목소리로 대답했다.

"그럴게요."

"야, 그나저나 학교가 아니라 무슨 살벌한 전쟁터 같다. 전쟁터."

"예전에 얘기했잖아요. 사회가 지옥 같으니까 학교도 지옥이 된 거라고요."

"우리 때는 사회가 천국이었겠어? 아니, 요즘 애들은 말이야……."

안상태는 와퍼를 서둘러 먹으면서 대답했다.

"다 어른들이 키운 아이들이에요."

"나는 아직 그럴 나이는 아니지. 어쨌든 꽤나 흥미롭네."

말은 그렇게 했지만 민준혁의 표정은 많이 어두웠다. 어른으로서 책임을 통감해서 어두운 건지, 아니면 그냥 요즘 애들이 못마땅해서 그런 건지 도무지 짐작할 수 없었다. 그나마 미안하다는 표정을 지은 건 확실했다.

*

내일 보자는 말을 남긴 채 집으로 돌아가던 민준혁은
강 형사와 통화했다. 죽은 황한학의 어머니가 무당이라는
말에 강 형사는 직업까지 확인하지는 않는다고 대답했다.
이름과 주소만 알려 달라는 말에 개인 정보라며 곤란해하
던 강 형사가 대답했다.

"절대로 비밀이다."

"그럼요. 제가 입이 무거운 거 아시잖아요."

"잠깐만! 이름은 강미자고, 주소지는 서울인데 본적이
특이하네."

"어딘데요?"

"선암도. 목포 앞 바다에 있는 섬이야."

"거기서 태어나서 서울로 온 걸 수도 있죠."

"그렇긴 한데 거긴 좀 재미있는 섬이거든."

"재미요?"

"별명이 무당들의 섬이야."

"무당벌레가 많아서 그런 건가요?"

민준혁의 농담에 강 형사가 큰 목소리로 웃었다.

"신기를 가진 무당들이 많다고 해서 그런 별명이 붙은 거야."

"알려 줘서 고맙습니다."

통화를 끝낸 민준혁은 고개를 갸웃거렸다.

"잘 맞아떨어지네."

적어도 황한학의 어머니가 무당이라는 것은 사실이었다. 그리고 알 수 없는 술법을 부려서 아들을 되살려 냈을지도 몰랐다. 하지만 그게 어떻게 가능한지 생각해 보자 머리가 아파 왔다. 고민하던 민준혁은 집으로 들어섰고, 때마침 저녁을 차려 놓은 어머니가 말했다.

"얼른 손 씻어. 밥 먹자."

시키는 대로 손을 씻고 의자에 앉은 민준혁에게 어머니가 물었다.

"그래, 요즘은 무슨 사건을 조사 중이니?"

민준혁은 낮에 안상태와 만난 이야기를 들려줬다. 나물을 뒤적거리던 어머니가 말했다.

"아는 사람 중에 유명한 무당 있는데 만나 볼래?"

"누군데요?"

"거, 지난번에 다큐멘터리에 나왔던 사람. 내가 안다고 했잖아. 뒷산에 사는."

"아, 맥아더 장군을 신으로 모신다는 그 무당이요?"

"맞아. 만신 무당이라서 모르는 게 없는 사람이야."

"한번 소개해 주세요."

"그래, 저녁 먹고 전화해 볼게. 안 그래도 내 친구 혜자가 부적을 하나 써 달라고 했거든."

"알겠습니다."

*

식사를 마친 어머니가 거실에서 전화를 하는 사이, 민준혁은 방으로 돌아와서 컴퓨터를 켰다. 그리고 강 형사에게 들은 선암도라는 섬 이름을 검색했다. 결과는 신통치 않았다. 하지만 아주 오래전에 폐간된 주간지에 실렸던 기사 하나가 나왔다. 섬을 답사하는 작가가 쓴 글이었다. 그 작가 이름으로 검색하자 블로그가 나왔다. 블로그에 들어간 민준혁은 선암도로 검색해서 그가 쓴 글을 찾아냈다.

"후덜덜하네."

답사한 작가는 선암도가 풍수지리적으로 음기가 강한 곳이라서 대대로 무당들이 많이 있었다고 했다. 거기다 섬이라 태풍이 많이 불고 날씨가 안 좋은 탓에 주민들은 아직도 무당에게 많이 의지한다는 것이었다. 그러면서 섬 곳곳에 신당과 굿터가 있다며 자신이 찾은 곳들을 사진으로 찍어서 올려놨다.

"죽은 아이가 살아났는데 어머니가 무당이라 이 말이지. 복잡하네."

그 뒤로 한참을 살펴보는데 어머니가 부르는 목소리가 들렸다. 냉큼 거실로 나가자 코트를 입고 모자를 쓴 어머니가 말했다.

"나랑 같이 가자."

"어딜요?"

"어디긴, 만신 무당네 집이지. 부적이 필요하다고 하니까 지금 오라고 하더라. 네 얘기도 하니까 지금 시간을 낼 수 있대."

"네. 얼른 나올게요."

방으로 돌아온 민준혁은 추리닝을 얼른 입고 나왔다. 성미가 급한 어머니는 벌써 문을 열고 밖으로 나가 계셨다. 서둘러 따라 나간 민준혁은 오르막 길을 올라서 산 중턱에 있는 만신 무당의 집으로 향했다. 가뜩이나 오래된 집에 흰색과 붉은색 깃발이 걸려 있고, 대문에 이상한 부적들이 붙어 있어서 다들 무서워했다. 하지만 어머니는 거리낌 없이 대문을 열고 안으로 들어갔다. 현관문은 열려 있었고, 매캐한 향냄새가 났다. 어머니는 어두운 현관문 안으로 들어가면서 말했다.

"영광댁 있어?"

안쪽에서 들어오라는 말이 들렸다. 어머니는 기괴한 조각상들과 부적들이 걸려 있는 거실을 지나 불이 켜진 안방으로 들어갔다. 민준혁은 그런 어머니를 조심스럽게 따라갔다.

*

안방은 옛날 한옥처럼 꾸며져 있었다. 노란색 벽지가 발라져 있고, 한쪽 벽에는 병풍과 방석이 놓여 있었다. 방석 위에는 나이를 짐작할 수 없는 늙은 무당이 앉아 있었다. 회색 개량 한복 같은 걸 입었는데 쪼글쪼글한 피부와는 반대로 입술에는 선명한 붉은색 립스틱을 바르고 있었다. 한쪽 벽에는 만신 무당이 신으로 모시는 맥아더 장군의 사진이 액자에 걸려 있었고, 그 앞에는 꽃과 부적들이 치렁치렁하게 놓여 있었다. 앞에 있는 앉은뱅이 책상에는 향이 풀풀 피어나는 향로가 보였다.

그 앞에 앉은 어머니가 동네 이야기로 수다를 떨었다.

오랫동안 개봉동에서 살아왔던 어머니는 터줏대감 같은 존재였다. 만신 무당은 대화 중간중간 미소를 지으며 대답을 했다. 그러다가 붉은색 주문이 적힌 노란 부적을 꺼냈다. 얼마냐는 어머니의 말에 무당은 괜찮으니까 그냥 가져가라는 말을 했다. 돈을 주겠다는 어머니와 아니라고 하는 만신 무당의 대답이 한참 오고 갔다. 결국 돈을 도로 집어넣은 어머니가 문가에 어정쩡하게 서 있는 민준혁을 바라봤다.

"우리 아들 녀석이 물어볼 게 있다고 해서 데려왔어."

"앉으라고 하시지요."

일어난 어머니가 오라는 손짓을 했다. 조심스럽게 앞에 무릎을 꿇은 민준혁을 빤히 본 무당이 중얼거렸다.

"거참, 괴이하네."

"뭐가 이상하다는 얘깁니까?"

"관상이 말이야. 조선 시대 태어났으면 역적으로 죽을 상이야."

"지금은요?"

"사람들이 좀 싫어하겠지만 죽지는 않겠네."

"요즘은 악플로 죽여요. 저는 상관없지만."

"아무튼 선암도에 있는 강씨 성을 가진 무당이 궁금한

거지?"

"네. 강미자라는 분입니다."

민준혁의 대답에 만신 무당이 고개를 저었다.

"이름은 중요하지 않아. 어차피 무당에게 가장 쓸모없는 게 이름이니까."

"아무튼 그분 아드님이 불의의 사고로 사망했는데 장례식장에서 굿을 했답니다."

"어디서?"

움찔한 만신 무당의 물음에 민준혁이 조심스럽게 대답했다.

"아들 장례식장이요."

대답을 들은 만신 무당이 한숨을 내쉬었다.

"혹시 그 후에 아들이 살아서 돌아왔나?"

이번에는 민준혁이 깜짝 놀랐다.

"그걸 어떻게 아셨어요? 안 그래도 그것 때문에 여쭤보러 온 겁니다. 학교에 다시 나타났고, 자기를 괴롭힌 친구들을 다치게 만들고 있어요."

민준혁의 대답을 들은 만신 무당이 갑자기 벌떡 일어났다. 그리고는 맥아더 장군 사진 앞으로 가서는 몇 번이고 고개를 숙여 절을 했다. 그리고 소매에서 꺼낸 방울을 흔들면서 이상한 주문 같은 걸 외웠다. 그러고는 자리로 돌아와서는 민준혁의 머리 위에서도 방울을 흔들었다. 요상한 방울 소리에 놀란 민준혁이 움찔하자 만신 무당이 말했다.

"가만있어! 나쁜 기운을 털어 내야지."

"뭐가 나쁜데요?"

"죽은 혼귀에 대해서 얘기하는 건 뭐든 나쁜 일이니까!"

한참을 그렇게 방울을 흔들어 댄 만신 무당은 깊은 한숨과 함께 자리에 앉았다.

"선암도는 대대로 무당들이 많은 곳이지. 한 집 건너 하나에 무당이 있다고 할 정도였으니까."

"저도 인터넷으로 봤습니다."

"특히 강씨 성을 가진 무당은 그중에서 가장 힘이 셌지. 특별한 능력을 가지고 있었기 때문이야."

"어떤 능력이요?"

"재차의를 만들 수 있는 능력."

"뭐라고요? 재차의?"

민준혁의 반문에 만신 무당은 앉은뱅이 책상 아래에서 오래된 책을 꺼내서 올려놨다. 그리고 손가락에 침을 묻히면서 한 장씩 넘겼다. 책에는 목이 긴 여자부터 기괴한 요괴들의 그림이 그려져 있었다. 한참을 넘기던 만신 무당이 말했다.

"이거야."

책에는 관 뚜껑을 열고 나온 남자가 여인을 향해 기어가는 그림이 그려져 있었다. 고개를 쭉 빼서 그림을 보던 민준혁이 물었다.

"관 속에서 기어 나온 남자는 죽었다가 깨어난 건가요?"

"맞아. 깨어난 다음에 나 여기 있다고 얘기하니까 놀란 부인이 겁에 질려서 도망치는 거지. 손이 검게 썩어서 흑수라고도 부르지만 보통은 재차의라고 부르지."

자세히 보니 죽었다가 살아서 부인한테 기어가는 남자의 손이 까만색이었다.

"좀비 같은 거네요. 우리나라에도 그런 게 있는지 몰랐어요."

"죽었다가 살아나는 것은 하늘의 뜻을 거스르는 거야. 아주아주 나쁜 일이지. 하지만 가족과 헤어지는 걸 좋아하는 사람은 없지. 선암도에서는 배를 타고 나간 남편이 돌아오지 않으면 여자들이 강씨 성을 가진 무당을 찾아가서 애원을 했대. 돌아오지 않는 남편을 만나고 싶다고 말이야."

“그러면 바다에 빠져 죽은 남편들이 돌아오는 건가요?”

민준혁의 물음에 만신 무당이 고개를 끄덕거렸다.

“물속에 빠진 시신이 살아나서 가족을 찾아오지. 눈알이 빠지고 살이 다 뜯겨 버린 상태에서 말이야.”

“아이고, 있는 정도 다 떨어지겠네요.”

“사실 재차의로 만들어서 부르는 것도 그런 이유 때문일 거야.”

“처참하게 죽은 모습을 일부러 보여 줘서 정을 떼게 만드는 거군요?”

“그럴 거야.”

만신 무당의 설명을 들은 민준혁은 궁금증이 떠올랐다.

“만약 그 모습을 감당할 수 있다면요? 예를 들어 사고로 죽은 자식을 불러오면 아무리 처참하다고 해도 감당할 거 같긴 합니다만?”

민준혁의 얘기를 들은 만신 무당의 표정이 굳어졌다. 그런 만신 무당에게 민준혁이 물었다.

“그런데……. 그렇게 돌아온 재차의가 복수를 하면 막을 길은 없는 건가요?”

“재차의는 죽었다가 살아서 돌아온 존재라서 아무도 막을 수 없어. 오직 재차의를 부른 무당만 막을 수 있지.”

"옛날 아이티의 좀비랑 비슷하군요. 거기도 주술사가 약물로 사람을 가사 상태에 빠트린 다음에 깨워서 노예로 삼거든요. 그럼 재차의에게서 지켜 주는 부적이나 뭐, 그런 거 없나요?"

민준혁의 물음에 만신 무당은 고개를 저었다.

"재차의는 죽었다가 살아난 존재라 이승이나 저승 모두에 속한 존재가 아니야. 부적도 막을 수 없지."

"불사신이라 이거군요."

"만약 존재한다면 말이야. 사실 재차의를 소환하는 주술은 쉽지 않아. 선암도에서도 쉽지 않은데 서울에서는 성공할지 모르겠어."

"그런데 성공한 거 같네요."

"옳은 행동은 아니야."

만신 무당이 딱 잘라 말하자 민준혁이 대꾸했다.

"물론이죠. 하지만 자기 자식이 억울하게 죽었다면 복수를 하는 게 옳을 수도 있죠."

만신 무당은 아무 말 없이 민준혁을 바라봤다. 그러다가 입을 열었다.

"그곳에 가 봐."

"어디요? 선암도요?"

"섬의 서쪽 큰 바위 얼굴이 있는 언덕에 있는 신당이 강씨 무당들의 굿터야. 그곳에서 재차의를 소환하는 굿을 했을 거야. 거기에서 뼈를 찾아봐."

"뼈요? 무슨 뼈요?"

"불길한 짐승의 뼈. 거기에 피를 묻히는 게 재차의를 부르는 굿의 시작이야."

"하지만 장례식장에서 굿을 했다고 들었는데요."

"재차의를 부르려면 반드시 그 신당에서 해야만 해. 아마 장례식장에서 했던 건 아들의 혼을 소환하려고 했던 것 같아."

"피 묻은 뼈를 찾으면 재차의를 막을 수 있습니까?"

"그 뼈를 재차의 앞에서 부수면 힘을 잃게 돼. 아까 네가 얘기한 대로 재차의로 불렀는데 그 모습을 보고도 가족들이 계속 되살아난 시체와 지내겠다고 하면 그 뼈를 부숴서 저승으로 보냈지. 재차의는 그만큼 위험했으니까."

만신 무당의 얘기를 들은 민준혁이 대답했다.

"알겠습니다."

"만약에 그 뼈가 없는데 재차의를 만나면⋯⋯."

만신 무당이 가늘게 한숨을 쉬고는 덧붙였다.

"뒤도 돌아보지 말고 도망쳐. 되도록 멀리 말이야."

"알겠습니다."

거실 밖으로 나온 민준혁은 참았던 한숨을 쉬었다. 이제 웹소설 소재를 찾는 게 문제가 아니었다. 억울하게 죽은 자식을 재차의로 만든 어머니의 원한을 좇아야만 했다.

"일단 선암도로 가 봐야겠네."

중얼거리던 민준혁은 얼른 집에 가자는 어머니의 말에 알겠다고 대답하고는 현관으로 향했다. 부적을 챙긴 어머니는 뒤따라 나온 만신 무당에게 고맙다는 말을 남겼다. 현관문에 그림자처럼 서 있던 만신 무당은 조용히 합장을 했다. 민준혁은 고개를 숙여 인사를 하고는 밖으로 나왔다. 그리고 바로 강 형사에게 카톡을 보냈다.

> 강 형사님.

어쩐 일이냐?

> 상담할 게 있어서요. 법적으로
> 사망한 사람이 범죄를 저지르면
> 어떻게 되나요?

이상한 영화 좀
그만 보라고!

> 이상한 영화가 아니라
> 소설 쓰는 것 때문에 물어보는 거예요.

그래? 법적으로 죽은 사람이면
처벌 대상이 아니긴 하지.

잡아도 처벌이 불가능한가요?

체포는 할 수 있겠지만
법정에 세울 수 있을지는 모르겠네.

그렇군요. 고맙습니다.

혹시 그런 사례 있으면
자수하라고 해. 선처해 준다고.

어차피 처벌도 못 한다면서요?

체포는 가능하지. 그 과정에서
무슨 일이 벌어질지 모르잖아.
한번 죽었다 살아났으면 몸도 허약해졌을 텐데 말이야.

그건 어떻게 아세요?

나도 좀비 나오는 영화 봤다니까.

네, 적극적으로 설득해 보겠습니다.

강 형사와의 카톡을 끝낸 민준혁은 문득 한 가지 생각
이 떠올랐다.

"후드를 썼다고 했지? 혹시 떨어지면서 깨진 머리를 감
추려고 쓴 걸까?"

얼른 오라는 어머니의 얘기에 민준혁은 알겠다고 대답

하고는 서둘러 따라갔다.

*

다음 날, 학교에 간 안상태는 경욱이에게 김하나에 대해서 물었다. 그러자 경욱이가 대뜸 대답했다.

"필립이 옛날 애인이지."

"지금은 아니고?"

"전학 갔잖아."

"필립이가 그냥 놔줬어?"

안상태의 물음에 경욱이가 피식 웃었다.

"필립이 쫓아다니는 여자애가 한둘이 아니었는데 뭘."

"둘이 사이가 틀어져서 전학 간 거야? 아니면……."

주변을 살핀 경욱이가 안상태를 바라봤다.

"뭘 그렇게 열심히 조사하고 다니는데?"

불쑥 치고 들어온 경욱이의 물음에 안상태는 우물쭈물했다.

"그냥 궁금해서. 내가 호기심 빼면 시체잖아."

"그래도 조심해라."

"고마워."

"들리는 소문에는 김하나가 찼다는 말이 있어. 그리고

한학이랑 만난다는 소문이 돌았고."

"그래서 최필립이 황한학을 괴롭힌 거였구나."

안상태의 얘기에 경욱이가 눈살을 찌푸렸다.

"사실 한학이랑 하나는 잘 안 어울려. 한학이가 '빌거' 잖아."

"빌라 거지란 말이지?"

안상태는 그렇게 물으면서 자신은 반지하 거지니까 '반거'라고 불려야 되는 건지 생각해 봤다. 그런 생각을 하는 사이 경욱이의 대답이 들렸다.

"그렇지. 거기다 뭐 특출나게 잘하는 게 없잖아. 그런데 하나는 길거리 캐스팅이 될 정도로 퀸카에 집도 빵빵했어. 그래서 다들 미스터리하게 생각했지."

"직접 본 사람은 없었고?"

"소문만 무성했지. 나도 한학이한테 물어본 적이 있는데 그 새끼가 아무 말도 안 하더라고."

"하나한테 물어보면 되겠네."

"걔가 말을 하겠어?"

심드렁하게 대꾸한 경욱이에게 안상태가 말했다.

"설득하면 되겠지. 전번 가지고 있어?"

"야, 너 그 핑계 대고 작업 걸려는 거 아니야? 아서라,

콧대 장난 아니게 높아."

"그런 거 아니거든? 잔소리 말고 전번이나 내놔."

"나는 없고, 아는 친구한테 물어볼게."

"고마워."

"진짜 조심해라. 느낌이 안 좋아."

"사고 때문에?"

안상태의 물음에 경욱이가 고개를 저었다.

"그게 어떻게 사고야. 복수지."

"누구의 복수?"

"새끼, 모른 척하는 거 봐라. 이틀 동안 최필립 패거리 둘이 당했어."

"진수는 공원에서 누구한테 공격당했는지 모르고 대식이는 자전거 타고 가다가 차에 치인 거잖아."

"진수가 구급차에 실려 가면서 한학이 이름을 불렀다고! 거기다 대식이는 자전거 잘 타기로 학교에서 둘째가라면 서러워할 놈인데 도로에서 차에 치인다는 게 말이 안 되잖아? 나랑 같이 중학교 다닌 애가 사고 난 걸 직접 봤는데 뭔가에 쫓기는 것처럼 미친 듯이 도로 한가운데로 뛰어들더래. 우연의 일치겠어? 아니면 그냥 재수가 없는 거겠어?"

낮은 목소리로 말하는 경욱이의 눈빛이 반짝거렸다.

"그, 그러니까 네 말은……."

"조심하라고! 뭘 믿고 그러는지 모르겠지만 말이야."

그 말을 끝으로 경욱이는 입을 다물었다. 다행스럽게도 전학을 간 김하나의 연락처를 카톡으로 보내 줬다. 수업이 끝나고 안상태는 전화를 걸기 위해 교문 근처 벤치에 앉아 있었다. 무슨 말을 어떻게 할까 고민하고 있는데 불쑥 최필립이 나타났다. 놀란 안상태가 입을 다물지 못하는데 최필립이 한쪽 손가락을 쫙 펼치면서 말했다.

"5일 남았어. 알지?"

안상태는 말없이 고개를 끄덕거렸다. 최필립은 복잡함이 담긴 미소를 지으며 패거리들과 함께 교문을 나갔다. 교문 근처에 있던 아이들이 알아서 양옆으로 물러나서 길을 터 줬다. 그 모습을 바라보던 안상태는 김하나의 번호로 전화를 걸었다. 하지만 신호만 갈 뿐 전화를 받지 않았다. 잠시 고민하던 안상태는 문자 메시지를 보냈다.

> 안녕. 나는 안상태라고 해. 황한학이랑 친구인데 뭘 좀 물어볼 게 있어서 연락했어. 혹시 전화 받을 수 있어?

문자를 보내고 한동안 우두커니 앉아 있었다.

"일이 어떻게 돌아가는지 모르겠네."

죽은 한학이가 다시 나타나서 자신을 괴롭혔던 아이들에게 복수를 하는 중이었다. 죽었다가 다시 살아 돌아온 것을 제외하고는 일진에게 당하는 아이들이 꿈꾸는 일이었다. 이런저런 생각을 하는데 문자 메시지가 도착했다는 알림음이 들렸다. 휴대폰 화면을 들여다보니 김하나가 보낸 메시지가 와 있었다.

> 너, 누구야? 나 한학이나 필립이랑
> 연락 안 한 지 오래야. 아는 거 없어.

아는 게 없는 게 아니라 입을 열고 싶지 않다는 뜻이 읽혔다. 안상태는 재빨리 답 문자를 보냈다.

> 한학이는 얼마 전에 죽었어.

> 정말?

> 그리고 최필립 패거리들이 사고를 당하고 있어.
> 그런데 사고 당한 애들이 모두
> 사고 순간에 한학이를 봤다는 거야.

> 죽은 애가 어떻게 나타난다는 거야?

> 진짜라니까! 그래서 필립이가
> 나보고 조사해 보라고 해서 알아보는 중이야.

한동안 답이 오지 않았다. 전화를 해야 하나 고민하고 있는데 띠링 하는 소리와 함께 김하나가 보낸 문자가 왔다.

> 필립이가 왜?

> 자기 패거리들이 다치고 있으니까.

> 근데 왜 너한테 맡긴 거야?

이번에는 안상태가 고민에 빠졌다. 잘못해서 최필립의 부하라고 생각하게 만들면 조사를 거부할 수도 있었기 때문이다. 주저하던 안상태는 몇 번이고 고민하다가 답 문자를 보냈다.

> 내가 탐정 조수거든.

> 탐정?

> 응, 경찰도 못 푸는 미제 사건도
> 몇 번이나 해결했어. 그래서 경찰들도
> 사건을 의뢰할 정도야.

> 그 탐정이 조사 중이야?

> 응. 시환이는 얼마 전에 만났어.

> 이번 주 주말에 가능해.

예상보다는 늦긴 했지만 재촉할 수는 없는 노릇이었다. '어디로 갈까?'라는 문자를 남겼다. 그러자 지도 링크가 걸렸다.

> 홍대에 있는 연습실이야. 모레 일요일
> 오후 두 시부터 연습이야. 네 시에 잠깐 쉬니까 맞춰서 와.

> 알았어. 네 시까지 갈게.

잘 있으라는 마지막 문자를 받고 안상태는 우두커니 앉아 있었다. 비밀에 한걸음 더 접근한 것 같기는 한데 거기에 뭐가 있을지 도무지 짐작할 수 없었기 때문이다. 그렇게 골똘히 생각하고 있는데 손에 들고 있던 휴대폰의 화면이 바뀌면서 바보 탐정 아저씨라는 이름이 떴다. 얼른 통화 버튼을 누르고 귓가에 갖다 댔다.

"어디야?"

"학교요. 방금 김하나랑 연락했어요."

"뭐래?"

"일요일에 만나자고 했어요."

"잘됐네."

"뭐가요?"

안상태의 물음에 민준혁이 대답했다.

"내일 토요일이니까 학교 안 가지?"

"네."

"그럼 나랑 어디 좀 가자"

"어딜 가야 하는데요?"

"선암도. 목포 쪽에 있는 섬이야."

"거긴 왜요?"

안상태는 민준혁이 또 왜요는 일본 이불이라는 썩은 아재 개그가 나올까 봐 무서웠는데 다행히 그냥 넘어갔다.

"황한학의 어머니 강미자의 고향이야."

"선암도라는 데가요?"

"응, 그 동네에서 유명한 무당 집안이었다고 하더라."

"그걸 어떻게 아셨어요?"

안상태의 물음에 민준혁이 대답했다.

"어쭈, 내가 탐정이라는 거 잊어버렸어? 조사하면 다 나와."

민준혁 특유의 허풍 섞인 대답에 안상태는 긴가민가한 채 물었다.

"내려가서 따로 조사할 필요가 있나요?"

안상태는 시간이 별로 없다는 얘기는 차마 하지 못했다. 그러자 민준혁이 대답했다.

"집안 대대로 무슨 능력 같은 게 전해져 내려왔나 봐. 그런데 자세히 얘기를 해 주지 않아서 말이야."

"무슨 능력이요?"

"재차의를 만들 수 있는 능력."

"그건 또 뭔데요?"

흥분했는지 민준혁의 목소리 톤이 높아졌다.

"좀비 같은 거야. 죽은 사람을 다시 살려 내는 거지."

"진짜 그런 게 가능하단 말이에요?"

"만나서 얘기하자. 표는 내가 끊어 놓을 테니까 내일 아침에 용산역으로 와."

"나머지 돈 보내 주세요. 여동생 먹을 거 사 놓고 가야 해서요."

"좀 이따 보낼게."

"알겠습니다."

통화를 끝낸 안상태는 한숨을 쉬었다. 죽은 아이가 다시 살아서 돌아온 것 같은 기묘한 사건은 과연 어떤 결론이 날지 궁금해졌다.

섬으로
가는 길

내 이름은 황한학. 어머니가 무당이다. 어머니의 특이한 직업은 나를 항상 주눅 들게 만들었다. 그래서 학교에서도 누군가와 친하게 지내지 못했다. 덕분에 존재감 없는 학생으로 지내고 있다. 그런데 얼마 전부터 운이 나쁘게 최필립 패거리에게 괴롭힘을 당하고 있다. 어머니는 낌새를 챘는지 무슨 일이 있는지 물으셨지만 차마 대답하지 못했다. 어머니가 나서면 더 큰일이 벌어지기 때문이다. 조용히 참고 지나가기만을 바랄 뿐이다. 그런데 나는 살아 있는 걸까? 죽어 있는 걸까?

*

아침 일찍 일어나느라 입이 찢어져라 하품을 한 안상태는 눈곱만 떼어 내고 부엌으로 향했다. 부엌이라고 해 봤자, 거실에 딸려 있는 싱크대와 찬장이 전부였고 그나마다 낡아서 주먹으로 한 대 치면 주저앉을 것 같았다. 쌀을 씻어서 밥을 하고, 어제 시장에서 사 온 미역국을 냄비에 데웠다. 냉장고에 김치와 다른 반찬들이 있는 걸 확인한 안상태는 포스트잇에 끼니를 잘 챙기라는 말을 적어서 냉장고에 붙였다. 그리고 시간을 확인한 다음에 얼른 씻으러 화장실로 들어갔다.

샤워를 하면서 생각해 봤다. 만약 황한학이 살아서 돌아온 게 사실이라면 어떤 일이 벌어질지 말이다. 그리고 누구에게 복수를 할지 말이다. 이런저런 생각을 하면서 옷을 챙겨 입은 안상태는 밖으로 나왔다. 새벽의 싸늘한 공기가 아직 꺼지지 않은 가로등 주변을 맴돌았다. 지하철을 타고 용산역에 도착한 안상태는 에스컬레이터를 타고 기차역으로 향했다. 잠에서 깨어난 노숙자들이 삼삼오오 모여서 어슬렁거리는 중이었다. 기차를 타러 온 사람들은 그들을 애써 무시하거나 멀리 떨어졌다. 편의점 앞에서 전화를 걸자 바로 뒤에서 민준혁의 목소리가 들렸다.

"여기야. 조수."

고개를 돌리자 한 손에 비닐봉지를 든 민준혁이 편의점에서 나왔다.

"일찍 오셨네요."

"먹을 걸 좀 샀어. 열차 도착한 거 같으니까 승강장으로 가자."

"네."

마침 승강장에는 목포로 가는 케이티엑스가 서 있었다. 좌석 번호를 확인하고 열차에 탄 민준혁은 자리에 앉자마자 비닐봉지부터 펼쳤다. 안에는 삼각 김밥과 샌드위치, 콜라와 소시지 들이 들어 있었다. 재빨리 삼각 김밥 하나를 챙긴 안상태에게 민준혁이 물었다.

"콜라? 사이다?"

"사이다요."

뚜껑을 연 사이다를 건네준 민준혁이 샌드위치를 뜯어서 허겁지겁 먹어 댔다. 그사이에 열차가 천천히 출발했다. 샌드위치를 단숨에 먹어 치운 민준혁이 말했다.

"오전에 선암도로 들어가는 배가 있다고 했어."

"거기서 오늘 나올 수 있어요?"

안상태의 물음에 비닐봉지 안에서 소시지를 꺼내서 비닐을 뜯던 민준혁이 대답했다.

"오후에 나오는 배편이 있어. 그걸 타면 저녁때까지 올라올 수 있긴 해."

"한학이 어머니가 진짜로 죽은 사람을 살리는 능력이 있었던 거예요?"

비닐을 뜯어낸 소시지를 뚝 잘라서 안상태에게 건넨 민준혁이 대답했다.

"사실인지 아닌지 알아봐야지. 내가 만난 무당은 분명 그렇게 얘기했어."

"누군데요?"

"엄마가 소개한 만신 무당. 텔레비전에도 몇 번 나왔대."

"그럼 직접 아는 건 아니네요."

"그렇지. 그 무당도 선암도의 무당이 가지고 있는 특유의 능력 중에 하나라고 들은 게 전부니까. 하지만 그게 사실이라면 지금까지 벌어진 일이 딱 맞아떨어지잖아."

"그렇긴 하죠."

그사이 열차가 서서히 출발했다. 콜라를 한 모금 마시고 트림을 한 민준혁이 말했다.

"진짜 골때리는 게 뭔지 알아?"

"뭔데요?"

"만약 황한학이 살아서 돌아와서 복수를 하는 거라면 체포하거나 처벌을 못 한대."

"죽은 사람이라서요?"

"그렇기도 하고 최필립 패거리들을 다치게 한 직접적인 증거가 없는 이상 처벌은 못 하는 거지."

"글자 그대로 마음껏 복수할 수 있는 거네요?"

"모든 피해자들의 꿈 아니겠어?"

착 가라앉은 목소리로 얘기한 민준혁이 고개를 절레절레 저으며 등받이에 머리를 기댔다. 잠을 자겠다는 신호라서 안상태는 쓰레기들을 비닐봉지에 담으며 말했다.

"주무세요."

"그래, 너도 눈 좀 붙여라."

*

한숨 푹 잔 안상태는 일어나라는 민준혁의 말에 정신을 차렸다. 곧 목포역에 도착한다는 안내 방송이 나오는 중이었다. 여기저기서 승객들이 일어나 선반에서 가방과 짐을 꺼냈다. 기지개를 켠 안상태는 민준혁이 꺼낸 가방을 받았다. 목포역 밖으로 나온 안상태는 민준혁이 잡은 택시를 탔다. 목포 연안 여객 터미널까지 가 달라는 민준혁의 얘기를 들은 중년의 운전기사가 곧장 핸들을 꺾었다. 신호에 걸리면서 잠깐 차가 멈추자 운전기사가 민준혁에게 물었다.

"섬에 가시나 봐요?"

"네, 선암도에 가려고요."

선암도라는 말을 들은 운전기사가 백미러로 민준혁을 바라봤다.

"거기 볼 거 없을 텐데요."

"놀러 가는 게 아니라 일하러 가요. 뭘 알아볼 게 있어서요. 거기 잘 아세요?"

"사촌 형이 거기 살았던 적이 있었죠. 한 번인가 두 번 놀러 간 적이 있었습니다."

"무당들이 많다고 하던데요."

"어휴, 말도 마세요. 섬에 있는 내내 십자가 목걸이 움켜쥐고 기도했다니까요."

안상태는 백미러에 대롱거리는 십자가를 발견했다. 조수석 앞에는 기도문이 붙어 있었다. 민준혁이 물었다.

"거기 큰 바위 얼굴 같은 게 있다고 들었는데요."

"사촌이 구경시켜 줘서 봤어요. 옆에서 보면 꼭 코쟁이 외국인처럼 생겼다니까요."

민준혁이 큰 바위 얼굴의 위치를 물을 즈음 택시가 터미널에 도착했다. 고맙다는 말을 남긴 민준혁이 현금으로 요금을 계산하고 잔돈을 받지 않았다. 문을 열고 내린 안상태는 짜디짠 바다 냄새와 끼룩거리며 낮게 날아다니는 갈매기에 기겁을 했다. 그런 안상태를 보고 피식 웃은 민준혁은 여객 터미널로 들어갔다. 웅성거리는 사람들 사이를 뚫고 반대쪽 문으로 나갔다. 그곳에는 여러 종류의 배들이 있었다. 민준혁은 제일 끝으로 갔다.

"미리 예매해 뒀어. 저걸 거야."

쌍둥이 배처럼 생긴 배의 옆구리에 연안 여객선이라는 글씨가 큼지막하게 박혀 있었다. 옆에 있는 배는 앞쪽이 열려서 차가 실리는 중이었다. 반면, 민준혁이 예매한 배는 사람만 탔다. 2층으로 올라가자 기둥이 있는 넓은 공간이 나왔다. 버스 터미널이나 기차역의 승강장처럼 의자가 여러 줄 놓여 있었다. 창가 쪽으로 간 민준혁이 안상태에게 말했다.

"안쪽으로 타."

"고맙습니다."

창가에 앉은 안상태는 창문 너머로 넘실거리는 파도를 바라봤다. 겨우 한숨을 돌리는데 휴대폰으로 전화가 왔다. 경욱이한테 온 전화였다. 안상태는 조심스럽게 전화를 받았다.

"어, 경욱아."

"어디냐?

민준혁을 슬쩍 바라본 안상태가 대답했다.

"일이 있어서 잠깐 어디 내려가는 중이야. 넌 어디야?"

"어디긴, 집이지. 난리 났어. 난리."

"무슨 일인데 호들갑이야?"

"창래 알지? 김창래."

"그럼, 최필립 패거리 넘버 쓰리잖아."

여드름투성이에 오동통한 얼굴을 한 창래는 유독 얄미운 짓거리를 했다.

"오늘 학교 강당에서 떨어졌어."

"뭐라고?"

놀란 안상태가 저도 모르게 목소리를 높였다. 가까스로 정신을 차린 안상태가 다시 물었다.

"걔가 왜? 언제?"

"등교하고 좀 지나서, 수업을 시작했는데 안 보여서 선생님이랑 아이들이 찾아다녔는데 갑자기 와장창 소리가 나더니 강당 2층 유리창이 깨지면서 애가 뛰어내렸대."

2층이라고 해도 학교 강당은 1층의 층고가 워낙 높아서 거의 3층 높이나 다름없었다. 가까스로 정신을 차린 안상태가 물었다.

"상태는?"

"구급차가 와서 실어 갔는데 뼈가 한두 군데 부러진 게 아니래."

"죽지는 않았네."

안상태의 말에 경욱이가 혀를 찼다.

"거의 죽은 거나 다름없지. 마침 어제저녁에 비가 와서 바닥이 젖어 있어서 이 정도였지."

"누구 짓이래?"

"모르지. 그 시간에 강당은 사용을 안 해서 문을 닫았으니까. 체육 선생님 얘기로는 기계실이랑 연결된 뒷문으로 들어온 게 분명하대."

"거긴 개구멍 같은 곳이잖아."

"그렇지. 학교에서도 아는 아이들이 얼마 없어."

얘기를 들은 안상태는 자연스럽게 한 사람을 떠올렸다.

"이번에도 한학이야?"

"이름은 말하지 않았는데 뻔하지. 며칠 사이에 셋이나 사고를 당했는데 셋 다 최필립 패거리에 한학이를 괴롭힌 애들이잖아."

경욱이의 얘기를 들은 안상태는 저도 모르게 부르르 떨었다.

"필립이는 어떻게 하고 있어?"

"완전 미쳐 버렸지. 창래가 실려 가는 걸 보고는 미친놈처럼 소리를 지르고는 종적을 감췄다고 하더라."

"돌아가는 정황으로 봐서는 제일 마지막 순서일 거 같은데?"

"그러니까 더 미치고 팔짝 뛰겠지. 체육 선생님이 교장 선생님한테 더 이상 쉬쉬하지 말고 털어놓자고 했어. 그런데 교장 선생님이 학교 이름에 먹칠할 일 있냐고 펄쩍 뛰었어."

"그러고도 남을 일이지. 이제 최필립 패거리는 누가 남았지?"

"필립이까지 해서 다섯 명, 그중 동진이는 어제부터 나오지 않았어."

곰곰이 생각하던 안상태가 경욱이에게 물었다.

"필립이가 전학을 가거나 잠수를 탈까?"

"나 같으면 그러겠는데 모르지. 워낙 독한 놈이라."

"알겠어. 소식 있으면 또 알려 줘."

"그래, 월요일 날 보자."

통화를 끝내자 배가 출발했다. 퉁퉁거리는 소리가 나고 배가 앞으로 나갔다. 배가 가른 파도가 하얀 거품으로 변하면서 옆으로 흘러갔다. 안전벨트를 매라는 방송이 나오자 승객들이 주섬주섬 안전벨트를 맸다. 낑낑거리며 안전벨트를 맨 민준혁이 물었다.

"또 사고 났어?"

"창래라고 최필립 패거리 중 한 명이에요. 강당 2층에서 뛰어내렸대요."

"필립이는 피가 마르겠구나."

"남들 피를 마르게 했으니까 자기 피가 마르는 것도 나쁘지 않을 거예요."

"짜식, 너도 맺힌 게 많았구나."

"우리 학교 아이들 중에 개 때문에 피 보지 않은 건 패거리들 밖에 없을 거예요."

한이 서린 안상태의 얘기를 들은 민준혁은 아무 말도 하지 못했다. 쓰고 있던 모자로 얼굴을 덮은 민준혁은 잠을 청했고, 안상태는 창밖 풍경을 물끄러미 바라봤다.

*

몇 시간 후, 배가 서서히 멈추면서 선암도에 도착했다. 여러 섬을 들르는 여객선이라 그런지 내리는 사람은 몇 명 되지 않았다. 대개는 뭍으로 갔다가 섬으로 돌아오는 주민과 등산복 차림의 관광객들이었다. 야구 모자에 후드를 입은 민준혁과 고등학생이지만 체구가 작아서 중학생처럼 보이는 안상태는 여러모로 이상해 보였다. 항구에 내리자 야트막한 언덕으로 이뤄진 섬이 보였다. 콘크리트로 만든 선착장에는 기념비 같은 게 세워져 있었고, 그 주변으로 가게와 여객선 매표소 같은 게 보였다. 가방을 둘러맨 민준혁은 안상태에게 잠깐 기다리라고 하고는 매표소 옆 매점에서 술을 마시는 노인들에게 다가갔다. 야구 모자를 벗고 인사를 한 민준혁이 말했다.

"큰 바위 얼굴 보러 왔는데 어느 쪽으로 가면 될까요?"

그러자 얼굴이 까만 노인이 오른쪽의 언덕을 가리켰다.

"저기 재를 넘어서 바닷가 절벽을 따라가면 나와. 사진 찍으러 왔어?"

"네, 사람 얼굴을 닮은 바위가 있다고 해서요."

"옛날이 더 멋있었는데 사라호 태풍이 불 때 눈두덩이 쪽 바위가 떨어져 나갔지. 뭐야."

안타깝다는 듯 혀를 차는 노인을 뒤로 한 채 안상태에게 돌아온 민준혁이 말했다.

"따라와."

"어딜 가는 거예요?"

"한학이 어머니가 굿을 한 신당을 찾아가는 거야."

"거기서 아들을 부활시키는 굿을 했다는 말이에요?"

안상태의 물음에 민준혁이 노인이 얘기한 언덕을 바라보면서 대답했다.

"그럴 수도 있지. 일단 증거를 찾으려면 직접 봐야 하잖아."

수긍한 안상태는 민준혁의 뒤를 따라갔다. 노인이 얘기한 고개는 그다지 높지 않았다. 고개를 넘자 한쪽에 바다가 펼쳐진 길이 나왔다. 철썩거리는 파도가 바위로 된 절벽에 부딪쳤다가 물러났다. 난간이 있긴 했지만 안상태는 바짝 겁을 먹은 채 최대한 멀리 떨어져서 걸었다. 구불구불한 절벽의 길은 산책로처럼 조성되어 있어서 아까 여객선에서 같이 내린 사람들도 걷는 중이었다. 조심조심 걷던 안상태는 무심코 고개를 들었다가 깜짝 놀랐다. 해안가의 절벽이 사람 얼굴처럼 생겼기 때문이었다.

"와! 큰 바위 얼굴이네요."

"맞아. 꽤 유명해서 저거 보러 오는 사람들도 제법 많아."

멈춰서서 설명한 민준혁이 이마에 난 땀을 손등으로 닦으면서 큰 바위 얼굴을 바라봤다.

"저쪽에 신당이 있다고 했어."

"정말 한학이 엄마가 거기서 굿을 했을까요?"

"정확히는 몰라. 하지만 선암도에서는 저기밖에 없다고 했어. 어서 가자."

두 사람은 큰 바위 얼굴이 있는 절벽까지 아무 말 없이 걸어갔다. 그곳에 도착해서는 흩어져서 신당을 찾았다. 그러다가 풀숲을 헤치던 안상태가 소리쳤다.

"찾았어요."

반대쪽에서 헤매고 있던 민준혁이 안상태가 외치는 소리를 듣고는 찾아왔다. 풀숲을 뚫고 들어온 민준혁이 중얼거렸다.

"저거야?"

그럴 만도 한 것이 슬레이트 지붕에 시멘트 블록으로 만든 벽이 전부였기 때문이다. 문도 함석판 같은 걸로 되어 있었다. 기와지붕으로 된 고풍스러운 건물까지는 아니라고 해도 현관 하나 없이 너무 초라했다. 안상태가 신당을 바라보며 말했다.

"저기 문에 빨간 페인트로 강씨 신당이라 적혀 있네요."

"짝퉁 같은데?"

"그래서 그냥 갈 거예요?"

안상태의 물음에 민준혁이 고개를 저었다.

"아니, 살펴봐야지."

민준혁의 대답에 안상태가 그럴 줄 알았다는 듯 신당 쪽으로 걸어갔다. 그리고 문을 이리저리 살핀 후에 녹슨 손잡이를 잡아당겼다. 녹슨 손잡이는 그냥 쑥 뽑혀 나왔다. 그 바람에 뒤로 넘어진 안상태를 보고 민준혁이 한참 웃었다. 짜증이 난 안상태가 뽑혀 나온 손잡이를 던져 버리고는 일어났다.

"재미있어요?"

"개그하는 거 같아서 말이야. 덕분에 문은 열렸네."

안상태가 힘을 준 탓인지 손잡이가 뽑힌 문이 살짝 열렸다. 안상태는 한 손으로 문을 열었다. 삐걱거리는 소리와 함께 문이 열리자 어둠에 잠겨 있던 신당 안이 모습을 드러냈다. 문을 연 안상태는 다른 손으로 입을 막았다.

"윽, 냄새!"

눅눅하다 못해 탁하기 그지없는 냄새가 훅 밀려왔다. 뒷걸음질 친 안상태의 어깨에 민준혁이 손을 올렸다.

"오랫동안 닫혀 있어서 그런가 봐. 조금 있다가 들어가 보자."

한 걸음 앞으로 간 민준혁은 신당 안쪽을 살펴봤다. 창문이 하나도 없어서 대낮임에도 어두컴컴했다. 나무로 된 바닥 위에는 작은 탁자가 보였다. 위에는 양초가 여러 자루 녹아서 굳어 있었다. 벽에 오래된 부적들이 덕지덕지 붙어 있었다. 한 손으로 코를 감싸 쥔 민준혁이 안으로 들어갔다. 밖에서 보이지 않은 구석에 대나무로 만든 깃대에 색색 가지 깃발이 둘둘 말려진 채 기대어져 있었다. 혹시나 해서 펼쳐 봤지만 먼지만 주르륵 쏟아졌다. 민준혁이 이리저리 살펴보는 걸 본 안상태가 물었다.

"뭘 찾아야 하는 거예요?"

"제사를 지낸 흔적. 그리고 제사에 썼던 피 묻은 뼈를 찾아야 해."

"왜요?"

그건 일본 이불라고 대답하려는 순간, 나무로 된 바닥이 삐걱거리며 무너져 버렸다. 놀란 민준혁은 으악 하는 비명을 지르며 두 팔을 허우적거렸다. 하지만 비명이 채 끝나기도 전에 발이 땅에 닿았다. 민준혁이 머쓱해 하는 사이 안상태가 다가와서 아래쪽을 살폈다.

"바닥이 얕네요."

"그, 그러게."

"근데 저기 뭐가 있어요."

"어디에?"

"저기 옆에요."

민준혁은 안상태가 가리킨 구석을 바라봤다. 무당이 굿을 할 때 입는 알록달록한 옷과 모자 같은 게 보였다. 그 옆에는 방울 달린 칼이 놓여 있었고, 모서리에는 뭔가를 태운 흔적들이 있었다. 그걸 본 민준혁은 쪼그리고 앉아서 잿더미를 헤쳤다. 하지만 뼛조각을 찾지 못하자 낙담하고 말았다. 허리를 펴고 일어나서 주변을 살폈다. 눈치를 살핀 안상태가 말했다.

"제가 주변을 살펴볼게요."

안상태가 자리를 뜨고 한숨을 쉰 민준혁은 다시 신당 안을 살펴봤다. 분명 뭔가 굿을 한 흔적이 있었지만 만신 무당이 얘기한 피가 묻은 뼈는 찾지 못했다.

"젠장, 여기까지 왔는데."

안상태가 주변을 30분 넘게 살펴봤지만 더 이상 흔적은 찾지 못했다. 결국 민준혁과 안상태는 빈손으로 선암도를 나와야만 했다. 낙담한 표정으로 여객선을 탄 민준혁과 안상태는 아무 말도 하지 못했다. 목포에 도착한 둘은 간단히 식사를 하고 목포역으로 향했다. 그리고 서울로 올라오는 케이티엑스에 몸을 실었다. 열차가 출발한 이후에도 한참 동안 말이 없던 민준혁은 안상태에게 물었다.

"내일 몇 시라고 했지?"

"뭐가요?"

"김하나인가 하는 애를 만나는 시간."

"아, 오후 네 시요. 연습실로 오라고 했어요."

"무슨 걸그룹이야?"

"모르겠어요."

잠깐 흥미를 드러냈던 민준혁은 눈을 감았다.

"이제 마지막 남은 단서네. 그 아이가."

"그런데 한학이가 죽었다가 살아서 돌아온 거면 처벌 못 하는 거 아니에요?"

안 그래도 강 형사에게 그걸 물어봤던 민준혁은 슬쩍 물었다.

"왜 못 한다고 생각하는데?"

"죽었잖아요. 법은 살아 있는 사람을 대상으로 한 거잖아요."

"그렇긴 하지."

"전설의 고향 같은 데 보면 억울하게 죽은 여인들이 원혼이 되어서 복수하잖아. 그거의 현대판이라고 보면 되죠."

안상태가 침을 튀기며 말하자 민준혁은 팔짱을 낀 채

얘기를 들었다.

"일단 말이 안 되는 일들이 너무 많아. 그러니까 일단 확실해질 때까지 조사해 봐야지. 결론이 나야 웹소설 소재로 쓰든지 말든지 할 거 아니야."

민준혁의 대답을 들은 안상태가 말했다.

"그럼 한학이를 주인공으로 써 주세요."

"걔를 왜?"

"죽음에서 살아 돌아와서 복수하는 영웅이잖아요."

"원래 영웅이랑 범죄자는 종이 한 장 차이야. 너무 천편일률적으로 생각하지 마."

"왜요? 한학이를 죽게 만든 녀석들은 아무런 처벌도 받지 않았잖아요."

"그건 그렇지만 이런 식의 사적인 복수가 횡행하면 좋을 건 없어."

"법이 제대로 처벌하면 되잖아요. 요즘 애들이 가장 좋아하는 소재가 뭔 줄 아세요?"

"뭔데?"

"히어로 물이요. 다 때려 부수는 걸 좋아해요."

"현실에 불만이 많은 모양이구나."

민준혁의 물음에 안상태는 고개를 끄덕거리는 것으로

대답을 대신했다. 그러자 민준혁이 이해가 간다는 표정을 지었다.

"하긴."

"그러니까, 아저씨⋯⋯."

안상태가 말을 더 하려고 하자 민준혁은 그만하라는 손짓을 했다.

"일단 내일 김하나를 만나 보고 얘기하자."

"알겠어요."

"서울 도착할 때까지 좀 자라."

눈을 감자 안상태의 귀에 열차가 달리는 소리가 들렸다. 여동생이 기다리고 있지만 서울로 가기 싫다는 생각이 들었다. 지옥 같은 학교와 악마 같은 최필립 패거리들이 있는 곳이기 때문이다.

*

다음 날, 안상태는 약속 장소인 홍대입구역에서 어슬렁거렸다. 늘 그렇듯 민준혁은 10분 정도 늦게 나타났다. 바쁘게 지하철 계단을 올라온 민준혁이 어색한 표정을 지으며 손을 들었다.

"미안, 지하철이 중간에 또 멈췄지 뭐야."

그놈의 지하철은 맨날 멈추냐는 핀잔은 이번에도 하지 못했다. 가까이 다가온 민준혁이 물었다.

"어디야?"

"여기 4번 출구 에이케이몰 뒤쪽이래요."

"가자."

길게 이어진 에이케이몰을 지나자 경의선 책 거리가 나왔다. 거리에 설치된 조형물들을 본 민준혁의 눈이 휘둥그레졌다.

"여긴 또 언제 이렇게 만들어 놨대?"

"좀 된 거 같아요. 저 건물이에요."

책 거리 양쪽에 늘어선 건물 중에 하얀색 4층 건물을 가리켰다. 1층과 2층은 카페였고, 3층은 미용실이었다. 김하나가 오라고 한 연습실은 4층이었다. 3층쯤 오르는데 희미하게 음악 소리가 들렸다. 비트가 강한 음악에 민준혁이 몸을 가볍게 흔들었다. 뚱뚱한 민준혁이 뒤뚱거리는 걸 본 안상태가 피식 웃었다. 4층에는 드림 하이 연습실이라는 팻말이 붙어 있었다. 현관문에는 안쪽을 볼 수 있는 유리문이 있었는데 거기로 안쪽을 본 민준혁은 저도 모르게 헤벌쭉 웃었다. 타이즈를 입은 젊은 여성들이 사방이 거울인 연습실 안에서 춤을 추고 있었기 때문이다.

그런 민준혁을 밀친 안상태가 문을 열고 안으로 들어갔다. 쏟아지는 음악 소리에 잠깐 정신을 못 차리는데 소리가 꺼졌다. 다섯 명 정도 되는 연습생들이 춤을 추고 있다가 음악이 꺼지자마자 바닥에 주저앉았다. 그중 한 명이 두 사람을 보고는 힘겹게 몸을 일으켰다. 검정색 타이즈에 헐렁한 회색 티를 걸치고 있었고, 머리는 뒤로 질끈 묶은 상태였다. 벽에 붙은 소파에 올려진 수건을 집어 얼굴을 닦은 그녀가 다가왔다.

"네가 상태니?"

질문을 받은 안상태가 고개를 끄덕거렸다.

"어, 하나 맞아?"

"응, 이쪽이 너랑 일한다는 탐정이야?"

김하나의 시선을 받은 민준혁이 미소를 감추고 말했다.

"만나서 반가워. 민준혁이라고 해."

"옥상으로 올라가세요. 금방 따라갈게요."

"어, 알았어."

문을 닫은 민준혁은 앞장서서 옥상으로 올라갔다. 녹색 방수 페인트가 칠해진 바닥에는 접의식 의자와 테이블, 파라솔이 몇 개 있었다. 테이블 중 하나에는 커다란 깡통이 있었는데 안에는 모래와 담배꽁초가 보였다. 흡연하는 곳으로도 사용 중인 것 같았다. 민준혁과 안상태가 경의선 책 거리를 내려다보는데 옥상 문이 열렸다. 돌아보자 야구 모자를 푹 눌러 쓰고 추리닝을 걸친 김하나가 보였다. 빈 의자에 앉은 김하나가 두 사람을 바라봤다.

"한학이 때문에 왔다고요?"

주저하던 민준혁 대신 안상태가 먼저 말했다.

"어, 네가 예전에 최필립 여자 친구였는데 황한학이랑 가깝게 지냈다는 얘기를 들어서."

안상태의 말에 김하나가 고개를 절레절레 저었다.

"내가 왜 그 새끼 애인인데? 그냥 일진이라 거절하지 못 하고 잘 대해 준 것뿐이야."

팔짱을 낀 김하나가 짜증 나는 얼굴로 대꾸했다. 그러 자 경의선 책 거리를 내려다보던 민준혁이 끼어들었다.

"한학이랑은 왜 가깝게 지낸 거야?"

"걔랑도 가깝게 지낸 게 아니에요."

"그럼?"

민준혁의 물음에 주저하던 김하나가 대답했다.

"궁금한 게 있어서 물어보느라고 말을 건 게 전부예요."

"뭘 물어봤는데?"

"걸그룹으로 데뷔할 수 있는지 궁금했거든요."

"뭐라고?"

어처구니없다는 표정으로 민준혁이 반문하자 김하나가 한숨을 쉬었다.

"지금 연습 중인데 경쟁이 치열하거든요. 내가 다른 경쟁자들을 제치고 데뷔할 수 있을지 궁금했어요."

뜻밖의 대답에 듣고 있던 안상태가 끼어들었다.

"그걸 왜 한학이에게 물어봐?"

"걔네 엄마가 무당이래서. 그래서인지 한학이도 학교에서 종종 점을 쳐 줬는데 잘 맞았다고 했어."

"맙소사. 그 바람에 한학이가 너랑 사귄다고 오해를 사게 되었잖아. 그거 때문에 필립이한테 분풀이를 당한 거고."

"나중에 들었어. 전학 가고 나서."

"필립이한테 아무 사이도 아니라고 알려만 줬어도 한학이는 그렇게 안 죽을 수도 있었어."

흥분한 안상태의 말에 김하나가 대답했다.

"내가 왜? 최필립은 자기 하고 싶은 대로 하는 아이야. 나도 걔랑 떨어지려고 전학을 간 거라고."

김하나의 항변을 들은 안상태는 머리가 아파 왔다. 새로운 단서를 찾을 줄 알았는데 엉뚱한 대답을 들었기 때문이다. 거기다 어제 선암도에서도 별다른 흔적을 찾지도 못했다. 안상태가 입을 다문 사이 민준혁이 나서서 물었다.

"걸그룹 데뷔하려고 전학 간 건 아니고?"

"네?"

"기껏 데뷔했는데 일진이랑 애인이었다는 소문이 나면 곤란하잖아. 안 그래?"

민준혁의 물음에 김하나가 어깨를 으쓱거렸다.

"뭐, 전혀 아니라고는 못 하겠네요. 요즘은 실력만 있다고 데뷔시켜 주지는 않아서요. 에스앤에스 같은 거 다 뒤져 보고 옛날에 사고 친 거 없는지 일일이 확인해요."

"그걸 피하기 위해서 전학을 간 거구나."

민준혁의 말에 김하나가 고개를 끄덕거렸다.

"내년이면 멤버가 결정되니까 올해 진짜 열심히 해야 해요."

김하나의 대답을 듣던 안상태는 나비 효과라는 말이 떠올랐다. 김하나가 황한학에게 자신의 데뷔 여부를 물어보려고 접근했고, 최필립은 둘이 사귄다고 오해한 것이다. 분노한 최필립에 의해 황한학은 괴롭힘을 당했고, 결국 죽음을 맞이했다. 아들이 억울하게 죽은 것에 분노한 황한학의 어머니는 집안 대대로 내려오던 주술을 이용해서 부활을 시킨 것이다. 그리고 부활한 아들은 자신을 괴롭힌 최필립 패거리들을 하나씩 단죄하는 중이었다. 하나씩 생각하던 안상태는 다른 용어가 떠올랐다.

"부메랑이네. 부메랑."

오해한 최필립이 엉뚱한 애를 괴롭히다가 스스로 파멸을 맞이하고 있는 중이니까 그게 더 어울렸다. 옆에서 김하나와 얘기를 나누던 민준혁이 물었다.

"뭘 혼자 중얼거리는 거야?"

"그냥요."

안상태의 대답을 들은 민준혁이 다시 김하나를 바라보는데 휴대폰이 울렸다. 주머니에서 휴대폰을 꺼낸 민준혁이 잠깐만이라는 말을 남기고 옥상의 난간 쪽으로 걸어갔다. 안상태는 김하나를 바라봤다. 축 늘어진 채 의자에 기댄 김하나는 이마를 손에 짚은 채 말했다.

"아씨, 이거 터지면 데뷔 못 하는데."

문득 궁금해진 안상태가 물었다.

"한학이는 뭐라고 했는데?"

"데뷔는 할 수 있지만 고생문이 열릴 거라고 했어. 사실 그래서 전학 가기로 한 거고."

"데뷔할 수 있으니까?"

안상태의 물음에 김하나가 고개를 끄덕거렸다.

"중학교 2학년 때 캐스팅되고 5년째야. 아래서는 치고 올라오고, 위는 꿈쩍도 안 하고 있는데 나이만 먹고 있잖아. 내가 뭐하고 있는 짓인가 하다가도 지금까지 하나만 보고 달려왔는데 포기할 수 없다는 마음이 들어."

김하나의 얘기를 들으면서 안상태는 서글픔을 느꼈다. 자신의 미래에 대해서 더없이 불안해하고 있다는 게 느껴졌기 때문이다. 그래서 한학이한테 점까지 쳐 달라고 했던 것이다. 무당인 어머니 때문에 학교에서 따돌림과 괴롭힘을 당하던 황한학과 데뷔라는 끝이 보이지 않는 길을 걷는 김하나, 그리고 가난하다는 이유로 조롱과 놀림을 받는 자신까지 포함해서 모두 감당할 수 없는 짐을 짊어지고 있는 게 아닌가라는 생각이 들었다. 김하나가 생각에 잠겨 있던 안상태에게 조심스럽게 물었다.

"한학이는 어떻게 된 거야?"

"최필립 패거리한테 괴롭힘을 당하다가 공원에서 뛰어내렸어."

"자기가 스스로?"

고개를 끄덕거린 안상태가 대답했다.

"그렇긴 한데 사실상 걔들이 밀어 버린 거나 다름없지."

"이상하네."

"뭐가?"

안상태의 물음에 휴대폰으로 시간을 확인하던 김하나
가 대답했다.

"한학이 말이야. 고소 공포증이 있거든."

"높은 데 못 올라가는 병 말이야?"

"응, 그래서 그 공원에서 만났을 때에도 절벽 쪽은 얼씬
도 안 했어. 무섭다고 말이야."

"애들에게 쫓겨서 도망쳤을 수도 있지?"

"공원에서 만났을 때 새 떼들이 갑자기 나타나서 사람
들이 절벽 쪽으로 도망친 적이 있었어. 그런데 한학이는
꼼짝도 안 하고 있어서 왜 안 오냐고 물어봤더니 새는 무
서운데 높은 곳은 더 무섭다고 했어."

그게 무슨 의미인지 곱씹는 사이 김하나는 연습할 시간
이 되었다면서 다시 내려갔다. 멍하게 서 있던 안상태는
통화를 막 끝낸 민준혁을 바라봤다. 착잡한 표정의 민준혁
이 말했다.

"난리 났다."

"왜요?"

"최필립 패거리 한 명이 또 사고를 당했어. 이번에는 유

리창을 깨고 파편으로 자기 팔을 마구 그었다고 하더라. 그것도 시내 한복판에서 말이야. 그리고 유리창에다가 피로 황한학의 이름을 남겼대."

"맙소사."

얘기를 들은 안상태가 입을 다물지 못했다. 그러자 민준혁이 안상태의 어깨를 잡았다.

"그것 때문에 강 형사에게서 연락이 온 거야. 내가 조사할 때는 신고가 안 들어왔다고 깔아뭉개더니 티브이에 나오고 인터넷에 올라오니까 바로 연락하는 거 봐라."

혀를 찬 민준혁에게 안상태가 말했다.

"하나가 그러는데 한학이가 고소 공포증이 있었대요."

"뭐라고?"

놀란 눈으로 안상태를 바라보던 민준혁이 중얼거렸다.

"그런데 그 높은 곳에 올라간 거야?"

"자기 의지가 아닐 수도 있죠."

내려가는 문으로 걸어가던 민준혁은 안상태의 얘기를 듣고는 움찔했다.

"그러게. 나쁜 놈들 같으니."

*

　강 형사가 기다리고 있는 곳은 신촌의 한 루프탑 카페였다. 엘리베이터를 타고 올라가자 오래된 느낌의 카페가 있었다. 문을 열고 들어가자 맞은편에 밖으로 나가는 문이 보였다. 아저씨 느낌의 점퍼를 입은 강 형사가 수첩을 든 손을 번쩍 든 곳도 바로 거기였다.

　"아이, 촌티 나게 뭐야."

　얼굴을 찡그리며 중얼거린 민준혁은 문을 열고 나가면서 표정을 바꿨다.

　"어째 얼굴이 점점 더 잘 생겨지시네요."

　"농담이라도 그런 말 하지 마라. 민망하게 말이야."

　말은 그렇게 했지만 싫지는 않았는지 표정이 어둡지 않았다. 민준혁은 서둘러 자리에 앉으면서 물었다.

　"뭐가 어떻게 된 겁니까?"

　"말도 마라. 오늘 낮에 그 미친놈이 카페 유리창을 주먹으로 깨고 파편을 집어서 자기 팔을 긁었어."

　"그게 누군데요?"

　듣고 있던 안상태가 묻자 강 형사가 수첩을 점퍼 안주머니에 넣으면서 말했다.

　"나용희. 최필립 똘마니 중 하나라던데."

길쭉하고 여드름투성이인 나용희의 얼굴을 떠올린 안상태가 대답했다.

"맞아요."

"길거리 한복판에서 그 짓을 하는 바람에 텔레비전은 말할 것도 없고, 인터넷도 난리가 아니야."

"그래서 조사를 착수하시는군요."

안상태의 물음에 강 형사가 겸연쩍은 표정을 지었다.

"너도 커서 사회에 나와 보면 알 거야. 일이 터지기 전에는 윗선은 절대 안 움직인다니까."

"일은 이미 터졌죠. 괴롭힘당하던 애가 죽었잖아요."

강 형사는 할 말이 없다는 표정을 지었다.

"그건 그렇고. 어쨌든 조사해 보니까 최필립이라는 애가 문제였더라."

"학교의 제왕이었죠. 누구도 못 건드렸으니까요."

"아까 학교 교장 선생님이랑 통화했어. 내일 월요일에 학교에 가서 조사를 해 보려고."

"많이 늦었지만 잘 조사해 주세요."

심드렁한 안상태의 대꾸에 강 형사가 민망한 표정을 지었다. 그러자 듣고 있던 민준혁이 끼어들었다.

"아이, 너는 왜 자꾸 쓸데없는 소리를 해. 죄송합니다."

"아, 아니야. 상태 입장에서는 서운할 만도 하지. 어쨌든 조사를 시작했으니까 나쁜 짓을 한 놈들은 벌을 받게 만들게."

안상태는 여전히 불만스러웠지만 일단 참고 넘어갔다. 그사이에 민준혁이 끼어들었다.

"앞으로 어떻게 되는 건가요?"

"일단 최필립 패거리가 벌인 짓에 대해서 조사를 할 거 같아. 나용희가 한 건 범죄가 아니라 자해 행위이긴 하지만 언론들이 걔들 패거리를 조사하고 있어서 말이야."

"황한학의 죽음에 대해서도 조사하시나요?"

"그건 아직……."

강 형사가 코를 킁킁거리며 말을 끝맺지 못했다. 그러자 안상태가 말했다.

"한학이는 고소 공포증이 있었어요."

"뭐라고?"

놀란 강 형사가 점퍼 안주머니에 넣은 수첩을 도로 꺼내면서 되물었다.

"뭐라고 한 거야. 지금."

"한학이가 고소 공포증이 있었다고요. 그러니까 공원에 있는 그 절벽 쪽으로는 가지 않았을 거예요. 정상적인 상

155

태였더라면요.”

“쫓기는 상황이었다면 그럴 수도 있지 않나?”

“난간 쪽은 화단이랑 벤치가 많아서 도망칠 만한 곳은 아니에요. 저랑 준혁이 아저씨가 직접 가서 봤어요.”

안상태의 대답을 들은 강 형사가 민준혁을 바라봤다. 민준혁이 가만히 고개를 끄덕거리자 강형사는 볼펜을 꺼내서 서둘러 수첩에 적었다.

“일단 공원 시시티브이 확인해 볼게.”

“그쪽은 아무것도 없어요. 거기다 목격자도 없고요.”

민준혁의 말에 강 형사가 얼굴을 찡그렸다.

“그럼 힘들 수도 있겠는데.”

강 형사가 볼펜을 입에 문 채 수첩을 들여다보고 있었다. 가만히 보고 있던 안상태는 뭔가 생각이 떠올랐다.

“그래서 죽이지 않은 거였어요.”

민준혁이 바라보자 안상태는 소매를 걷어붙이며 말했다.

“죽일 수도 있었는데 그러지 않았잖아요. 그건 자백을 하라는 뜻 같아요.”

안상태의 얘기를 들은 민준혁이 낮은 목소리로 중얼거렸다.

“자기를 죽인 죄를 밝히려고 했구나.”

"둘이 무슨 소리를 하는 거야?"

듣고 있던 강 형사의 물음에 민준혁과 안상태는 거의 동시에 대답했다.

"몰라도 돼요."

"형사한테 몰라도 된다고 하다니, 제정신들이야?"

코웃음을 친 강 형사에게 안상태가 물었다.

"법으로 할 수 있는 범위는 넘어섰으니까요."

"뭐, 슈퍼맨이나 배트맨이라도 나와서 다 때려 부순대?"

"비슷한 종류에요."

둘의 얘기를 듣던 민준혁이 강 형사에게 물었다.

"최필립이랑 그 패거리들은 조사 안 합니까? 개들부터 족쳐야 하잖아요."

"눈치들은 빨라서 다들 쥐구멍 속으로 숨었어."

"어떤 쥐구멍으로요?"

"휴학하고 지방으로 내려간 놈도 있고, 연락이 안 돼."

"최필립은요?"

민준혁의 물음에 강 형사가 의자에서 일어나서 멀리 보이는 병원을 바라봤다.

"저기 14층 중환자실에 들어갔어. 면회가 안 되는 곳이라 조사를 못 해."

강 형사를 따라서 일어난 민준혁이 하얀 벽처럼 서 있는 병원을 바라봤다.

"그래서 여기서 보자고 하신 거예요?"

"응, 혹시나 해서 가 봤는데 병원에서 영장을 가져오래. 부모한테도 전화해 봤는데 우리 애가 무슨 잘못을 했느냐고 되레 큰소리나 치고 있지."

"그 아들에 그 부모네요."

민준혁의 얘기를 들은 강 형사가 안상태를 바라봤다.

"요즘은 다들 학교에 불려 가면 우리 애는 착한데 친구들이 문제라고 한다며?"

"네."

"사실 그 문제 있는 친구가 바로 당사자인데 말이야."

허탈하게 웃은 강 형사가 도로 의자에 앉았다.

"야, 속 쓰린데 커피나 마시자."

"뭐 드실래요?"

민준혁의 물음에 지갑에서 카드를 꺼낸 강 형사가 대답했다.

"달달한 거. 둘은 알아서 시켜라."

카드를 넘겨받은 안상태는 얼른 문을 밀고 안으로 들어

갔다. 카운터에서 메뉴를 주문하기 위해 기다리면서 힐끔 병원 쪽을 바라봤다. 하얀 벽의 병원 위로 어둠이 천천히 내려앉는 중이었다.

*

안상태가 커피와 주스를 받아서 오는 사이, 민준혁이 강 형사에게 자초지종을 얘기한 것 같았다. 수첩을 테이블에 뒤집어 놓은 강 형사가 고개를 절레절레 흔들었다.

"좀비라니, 말도 안 되잖아."

"말 안 되는 것 치고는 일이 너무 많이 벌어졌어요."

"그렇긴 하지. 멀쩡한 애들이 갑자기 그런 식으로 자해했으니까."

"아마 걔들 앞에 나타났기 때문에 죄책감과 두려움에 못 견뎌서 그런 식으로 자해를 했을 거예요. 그리고 상태도 봤다고 했어요."

커피와 주스가 든 쟁반을 테이블에 올려놓고 자리에 앉은 안상태는 고개를 끄덕거렸다.

"학교 창고에서 봤어요."

"진짜 걔가 맞았니?"

강 형사의 물음에 안상태가 대답했다.

159

"네, 틀림없이 황한학이었어요."

"야, 자기가 괴롭혀서 죽인 애가 살아서 돌아왔으니 진짜 심장이 터졌겠네."

"터져서 죽으면 좋은데 그렇지 않으면 소용없잖아요."

안상태의 심드렁한 대꾸에 강 형사가 말없이 커피를 한 모금 마셨다. 그사이 병원을 바라보던 민준혁이 말했다.

"결국 최필립이나 다른 패거리들이 죄를 자백하는 게 우선이겠네요?"

"쉽지 않을 거야. 패거리들이야 최필립이 시켰다고 할 거고, 최필립이 입을 다물고 있으면 소용없잖아. 그렇다고 옛날처럼 코렁탕을 먹일 수도 없고 말이야."

둘의 얘기를 듣고 있던 안상태가 물었다.

"한학이 어머니를 만나서 물어보면 되지 않아요? 지금까지 왜 그 생각을 못 했을까요?"

안상태의 말에 커피잔을 내려놓은 강 형사가 말했다.

"그것도 당연히 알아봤지. 연락이 안 돼."

"전화를 안 받는다고요?"

"가지고 있던 휴대 전화는 해지했어. 아마 대포폰이나 선불폰을 쓰는 중이겠지. 그리고 집은 몇 달 전에 내놨고 말이야. 하지만 주민 등록은 아직 말소하지 않았어."

"그럼 잠적했다는 얘기네요. 돈을 들고."

"그런 셈이지. 찾으려면 영장이 필요한데 아마 며칠 후에나 나올 거야."

듣고 있던 민준혁이 말했다.

"그사이에 일이 다 끝나겠어요. 자료를 주시면 우리가 찾아볼게요."

"너희들이?"

"우린 영장 같은 거 필요 없잖아요."

"그래도……."

강 형사가 주저하자 안상태가 끼어들었다.

"이러다가 진짜 누가 죽기라도 하면 언론이 뒤집어질 거에요. 무능한 경찰이 사건을 제대로 조사하지 않았다면서 말이죠."

안상태의 얘기를 듣고 짜증 난 표정을 짓던 강 형사가 수첩을 뜯어서 볼펜으로 끄적거렸다. 그리고는 테이블에 탁 올려놨다. 거기에는 강미자의 집 주소와 예전 휴대폰 번호 같은 정보들이 들어 있었다. 민준혁이 종이를 챙기면서 물었다.

"씹어서 없애야 합니까?"

"그러다 배탈 난다. 조심해서 조사해 보고 뭐든 나오면 나한테 알려 줘."

"만약 한학이가 죽은 거면 처벌받지 않는 거죠?"

민준혁의 물음에 강 형사가 코웃음을 쳤다.

"귀신을 데려다가 징역형을 때릴 판사는 없지."

"다행이네요."

"뭐가?"

"걔가 처벌받는 건 싫거든요."

무슨 뜻인지 알아차린 강 형사가 혀를 찼다.

"나도 같은 생각이야."

두 사람의 얘기를 들은 안상태가 조용히 주스 잔을 들었다.

"다 같은 생각이니까 건배해요."

안상태의 말에 둘 다 피식 웃고는 커피 잔을 들어서 부딪쳤다.

*

조금 더 있겠다는 강 형사를 놔두고 둘은 아래로 내려왔다. 강 형사가 건넨 쪽지를 살펴보던 민준혁이 안상태에게 건넸다.

"네 생각은 어때?"

"한학이 어머니를 서둘러 찾아봐야겠어요."

"진짜 아들을 재차의로 만들었을까?"

"저 같으면 그렇게 해서라도 아들의 원한을 갚아 줬을 거예요."

안상태의 얘기를 들은 민준혁이 가만히 고개를 끄덕거렸다.

"나 같아도 하나밖에 없는 아들이 죽으면 아무것도 보이지 않을 거야."

"그래서 어떡할 거예요?"

"뭘?"

민준혁의 반문에 안상태가 멀리 병원을 바라봤다.

"한학이의 복수를 막을 거냐고요."

"그런 방식이 복수라고 생각해?"

민준혁의 말에 안상태가 되물었다.

"그럼 학살이란 말인가요?"

"진정해. 일단 한학이가 진짜 피해자들 앞에 나타난 건지 확인하는 게 우선이지."

"확인해서 뭐하게요? 그냥 며칠만 지켜보면 되잖아요."

"탐정한테 기다림이란 없어. 조사만 있을 뿐이지."

"그런데 한학이 어머니랑 연락이 안 된다고 했잖아요."

"여기 강 형사가 적어 준 쪽지에 번호가 하나 더 있어."

"어떤 번호요?"

안상태의 물음에 민준혁이 쪽지를 보여 주면서 말했다.

"한학이 휴대폰 번호. 부모들은 일찍 떠난 자식들의 휴대폰을 해지하지 않고 가지고 다닐 때가 많아."

"전화하면 받을까요?"

"문자를 일단 넣어 보게. 그리고 입원한 친구들을 좀 만나 봐야겠어."

"그 새끼들은 왜요?"

민준혁이 짜증이 가득한 안상태의 물음에 웃으며 대답했다.

"너무 미워하지 마. 그러면 잘못 판단하게 되어 있어."

"어휴!"

안상태가 답답하다는 표정을 짓는 사이 민준혁이 황한학의 휴대폰 번호로 문자를 보냈다. 그러고는 한동안 지도를 검색했다.

"가자."

"어디로요?"

"강 형사가 입원한 병원 알려 줬어. 개봉동 근처에 있네."

"누가요?"

휴대폰에서 눈을 뗀 민준혁이 안상태를 바라봤다.

"배대식. 얘가 두 번째로 당했지?"

"네. 자전거를 타고 가다가 차에 들이받혔죠."

"만나 보러 가자. 지금쯤 미치기 일보 직전일 거야."

"친구들 소식 들어서요?"

"그래, 한학이의 복수라고 생각한다면 우리에게 털어놓을 애기들이 좀 있을 거야."

민준혁의 얘기를 들은 안상태는 속으로 제법이라고 생각하면서 고개를 끄덕거렸다.

배대식이 입원한 병원은 구일역에 있는 돔 구장 맞은편에 있었다. 전철역에서 내려서 걷는 사이에 어둠이 깔리면서 가로등이 켜졌다. 아까만큼은 아니지만 높게 솟은 하얀색 병원을 본 안상태가 투덜거렸다.

"병원은 왜 다 하얀색인지 모르겠어요."

"그러게. 가자!"

둘은 얘기를 주고받으며 병원으로 들어섰다. 접수 창구가 있는 1층으로 들어서자 오래된 병원 특유의 소독약 냄새가 코를 찔렀다. 둘은 거의 동시에 코를 막았다. 엘리베이터로 간 두 사람은 8층으로 가는 버튼을 눌렀다. 띵 하는 소리와 함께 문이 열리자 간호 데스크가 보였다. 민준혁은 데스크로 가서 간호사에게 말을 건넸다.

"안녕하세요. 배대식 환자 만나러 왔는데요."

그러자 간호사가 오른쪽 복도를 가리켰다.

"저쪽 끝에 있어요. 그런데 경찰이 지키고 있던데요."

"언제부터요?"

"오늘 낮부터요."

간호사에게 고맙다는 말을 남긴 민준혁은 복도로 들어섰다. 간호사의 얘기대로 모자를 쓴 경찰이 문 옆에 의자에 앉아 있었다. 민준혁이 다가오자 휴대폰을 보던 경찰이 일어났다. 민준혁은 한 손을 내밀었다.

"강 형사님에게 연락 받으셨죠? 민준혁이라고 합니다."

이름을 들은 경찰이 도로 의자에 앉았다. 안상태가 수고하라는 말을 남기고 문을 여는 민준혁에게 물었다.

"언제 연락한 거예요?"

"아까 오면서 카톡으로."

*

병실 안은 조용했다. 가습기가 하얀 증기를 뿜어내는 중이었고, 커튼이 쳐진 창가에 침대가 하나 있었다. 침대 옆에는 조끼를 입은 중년 여성이 꾸벅거리며 앉아 있다가 소리를 듣고는 고개를 돌렸다. 어머니인가 했더니 생긴 게 전혀 다른 걸 보면 간병인 같았다. 누구냐고 우물쭈물 묻는 중년 여성에게 민준혁이 경찰의 요청으로 조사를 나왔다고 얘기했다. 그러자 침대를 힐끔 본 중년 여성이 말했다.

"그럼 저 좀 나갔다가 올게요."

기지개를 켠 중년 여인이 휴대폰을 조끼 주머니에 넣고는 문을 열고 나갔다. 밖에 있던 경찰이 문을 닫는 소리에 침대에 누워 있던 배대식이 눈을 떴다. 그리고는 안상태와 옆에 있는 민준혁을 말없이 바라봤다.

"상태야, 여긴 어떻게?"

안상태는 대답 대신 옆에 서 있는 민준혁을 바라봤다.

"배대식 맞니? 나는 민준혁이라고 해. 직업은 탐정."

"네? 탐정이요?"

"응, 경찰이 직접 나서기 곤란한 사건들을 조사하곤 하지. 지금처럼 말이야."

민준혁의 딱딱한 목소리를 들은 배대식이 이불자락을 움켜쥐었다. 안상태는 학교에서는 최필립을 믿고 거만하게 굴었다가 지금은 겁에 질려 있는 배대식을 보고는 코

167

웃음을 쳤다. 딸국질을 한 배대식이 민준혁을 바라봤다.

"무, 무슨 사건이요?"

"소식 들었지. 어제 낮에 네 친구가 사고를 쳤어. 나용희라고 알지?"

"그럼요. 용희가 무슨 일을 당했는데요."

"주먹으로 가게 유리창을 깬 다음에 파편으로 팔을 그었다고 하더라. 그리고 피로 깨진 유리창에 황한학의 이름을 적었대."

"뭐라고요?"

민준혁의 얘기를 들은 배대식이 두 손으로 얼굴을 감쌌다. 그사이 민준혁은 간병인이 앉아 있던 의자에 앉았다. 안상태 역시 구석에 놓인 의자를 가져와서 옆에 앉았다.

"걔에 비해서 넌 운이 좋은 편이잖아. 하지만 운이 계속 좋으려면 내 질문에 대답을 잘해야 해. 일단 사고 얘기부터 할까? 평소에 자전거를 잘 탔다며?"

"네, 어릴 때부터 자전거를 타서 웬만한 애들보다는 잘 타요."

"그런데 어떻게 사고가 난 거야?"

민준혁의 물음에 이불을 움켜쥔 손을 내려다본 배대식이 대답했다.

"학교 끝나고 집에 왔다가 피시방에 가려고 자전거를 타고 나갔어요."

"그런데?"

"골목길을 내려올 때 뒤에서 이상한 소리가 들렸어요."

"어떤 소리?"

"휘파람 소리 같기도 하고, 타이어에 바람이 빠지는 소리 같기도 했어요. 아무튼 일상적으로 들을 수 있는 소리는 아니었고, 마치 따라오는 것처럼 바로 뒤에서 계속 들려서 신경이 쓰였습니다."

뒷머리를 긁적거리느라 잠깐 입을 닫았던 배대식이 한숨과 함께 말을 이어 갔다.

"그러다가 큰길로 나올 때쯤에는 귀가 아플 정도로 크게 들렸습니다. 그리고 차츰 사람이 중얼거리는 목소리 같았는데 그게 바로 한학이 목소리였어요."

"뭐라고 했는데?"

"도망치라고, 안 그러면 너를 죽일 거라고 말이죠. 겁에 질려서 있는 힘껏 페달을 밟았어요."

"그래서 큰 도로로 갑자기 튀어나온 거야?"

"네, 한숨을 돌리려는데 갑자기 길가에 서 있는 사람들이 전부 한학이로 보이는 거예요. 그러면서 저한테 손가락질을 하는데 진짜 죽을 만큼 무서웠어요."

"도로로 나온 다음에 차에 치인 건 기억나?"

민준혁의 물음에 배대식이 고개를 저었다.

"아뇨. 그냥 뭔가 바람이 스쳐 지나가는 것 같았고, 제가 바람이 된 느낌이었어요. 정신을 차려 보니까 차가운 도로 바닥에 누워 있었고, 사람들이 웅성거리는 소리가 들렸어요. 그러면서 차츰 모여드는데 그중에 한학이가 서 있었어요. 그래서 놀라서 비명을 질렀죠. 얼마 후에 구급차가 와서 저를 태웠어요. 거기에서 정신을 다시 잃었던 거같아요."

배대식의 얘기를 들은 민준혁이 다시 물었다.

"지금은 괜찮아?"

"환청 같은 건 안 들리는데 무서워 죽겠어요. 한학이를 제 눈으로 똑똑히 봤다고요."

침 튀기며 얘기한 배대식을 지켜보던 안상태가 물었다.

"다른 아이들도 한학이를 본 거야?"

"응, 안 쓰는 창고에서 다 같이 보고 도망쳤었어. 그 후로 진수가 전화했었는데 자꾸만 한학이 목소리가 허공에서 들린다고 하더라."

우울한 표정을 지은 배대식이 안상태에게 물었다.

"필립이는? 전화를 통 안 받더라."

안상태 대신 민준혁이 대답했다.

"신촌에 있는 병원 중환자실에 틀어박혔어."

"그 새끼 때문이에요."

배대식의 얘기를 들은 민준혁이 혀를 찼다.

"어떻게 의리라고는 눈곱만큼도 없냐?"

민준혁의 얘기를 들은 배대식이 어리둥절해했다. 그걸 본 안상태가 눈치 빠르게 끼어들었다.

"한학이는 고소 공포증이 있었어. 그러니까 아무리 위기에 처했거나 급했어도 아래가 절벽인 난간 쪽으로는 도망치지 않았을 거야."

안상태의 얘기를 들은 배대식의 표정이 굳어졌다. 그러자 안상태가 한 발 더 나갔다.

"증인도 확보했어."

"거짓말! 아무도 없었어. 거기에는."

"있었어. 불량 청소년들이 모여 있는 걸 보고 숨어서 지켜봤을 뿐이지. 사진도 찍어 놨다더라."

안상태의 얘기에 배대식이 아무 말도 못한 채 덜덜 떨자 민준혁이 나섰다.

"상태야. 환자 상태도 안 좋은데 너무 충격적인 얘기를 하면 어떡해."

그러면서 배대식을 바라봤다.

"죄수의 딜레마라는 이론 알아?"

"그게 뭔데요?"

"저런, 재미있는 건데 모르는구나. 함께 죄를 저지른 두 명의 죄수가 있어."

손가락 두 개를 펼친 민준혁이 배대식에게 설명을 이어 갔다.

"수사관이 두 명의 죄수를 따로따로 불러서 자백을 할 기회를 주는 거야. 둘 다 자백하지 않으면 똑같이 징역 1년, 둘이 서로의 죄를 털어놓으면 똑같이 징역 3년, 한 명이 자백하고 다른 한 명이 자백하지 않으면 자백한 쪽은 석방, 자백하지 않은 쪽은 징역 10년에 처하는 거지. 그럼 죄수들은 어떤 선택을 할까?"

배대식이 아무 말도 못 하자, 민준혁이 다시 입을 열었다.

"이성적으로 생각하면 둘 다 자백하지 않는 게 유리해. 둘 다 입을 다물면 징역 1년이니까, 그다음으로는 상대방의 죄를 털어놓는 거지. 그럼 3년을 살 수 있으니까. 하지만 말이야. 과연 두 죄수들은 서로를 믿을 수 있을까? 내가 자백하지 않고 상대방도 자백하지 않으면 게임 끝이지만 상대방이 만약 먼저 죄를 털어놓는다면 그놈은 석방되고 나는 무려 10년이나 썩어야 하니까. 설사 자백하지 않기로 약속한다고 해도 소용없어. 나 같으면 자백하지 말자고 하고는 들어가자마자 털어놓을 테니까.”

옆에서 듣고 있던 안상태는 그러고도 남을 사람이라고 속으로 생각했다. 배대식도 비로소 알아들었는지 마른침을 삼켰다.

“지금 바깥은 난리 났어. 조만간 황한학의 죽음에 대해서도 재조사를 하게 될 거야. 경찰이 나서고 여론이 들끓으면 과연 누가 너를 지켜 줄까?”

“저, 저는 지켜보기만 했어요.”

“그렇지. 그런데 남은 친구들이 다른 얘기를 하면 좀 복잡해질 거야. 아무래도 경찰은 그쪽 말에 더 귀를 기울일 테니까.”

“진짜 아무 짓도 안 했다고요.”

배대식이 목청을 높이자 민준혁이 안상태를 바라봤다.

“다음에 만날 친구가 김진수라고 했나?”

안상태는 재빨리 고개를 끄덕거렸다.

“네.”

배대식을 다시 바라본 민준혁이 의자에서 일어나며 말

했다.

"진수도 너처럼 의리가 있을까 궁금하네."

민준혁의 얘기가 끝나자마자 배대식이 식은땀을 흘리며 입을 열었다.

"진짜로 전 지켜보기만 했다고요. 사고는 필립이가 쳤어요."

"어떻게?"

의자에 도로 앉은 민준혁의 물음에 배대식이 대답했다.

"처음에는 그냥 공원으로 데리고 나와서 겁만 주기로 했어요. 그런데 필립이가 갑자기 흥분했는데 너무 세게 때려서 한학이가 뒤로 세게 넘어지면서……."

배대식은 차마 말을 잇지 못했다. 그게 무슨 뜻인지 알아차린 안상태는 민준혁을 바라봤다. 민준혁 역시 안상태를 바라보면서 입 모양으로 '대박'이라고 말했다. 배대식은 둘이 무슨 눈짓을 주고받는지 꿈에도 모른 채 술술 털어놨다.

"필립이가 의식을 잃은 한학이를 난간 쪽으로 끌고 가서는 아래로 던져 버렸어요. 그리고 우리에게 확실히 처리했다면서 자기가 혼자 도망치다가 떨어진 거라고 말을 맞추자고 했어요."

"그래서 다들 일사불란하게 같은 얘기를 했구나."

"만약 비밀이 새어 나가면 가만 놔두지 않겠다고 필립이가 얘기해서 다들 비밀을 지켰던 거였어요. 정말 우리는 아무 잘못도 없이 지켜보기만 했다고요."

배대식의 얘기를 들은 안상태가 민준혁을 바라봤다.

"진수한테는 안 가도 되겠네요."

"그러게."

웃으며 일어난 민준혁이 배대식에게 말했다.

"나중에 형사가 찾아오면 지금 나한테 했던 얘기 다 털어놔. 만약 거짓말을 하면 지금 한 자백을 녹음해 뒀으니까 알아서 해."

민준혁이 휴대폰을 꺼내 보이며 말하자 배대식이 놀란 눈으로 바라봤다.

"뭐라고요?"

"너, 재판 중에 무슨 재판이 제일 무서운 줄 알아?"

배대식이 고개를 젓자 민준혁이 휴대폰을 도로 주머니에 넣으며 말했다.

"여론 재판이야. 형량도 없고 감옥에도 안 가지만 평생 남의 손가락질을 받으면서 살아야 해. 취직도 못하고, 가정도 못 꾸리겠지. 그뿐이겠어. 네 부모님도 직장에서 쫓겨날 거야. 가게를 하고 있으면 문을 닫아야 할 거고."

"저는 그 정도로 잘못하지 않았어요."

배대식의 항변에 민준혁이 손가락을 까닥거렸다.

"필립이 옆에서 애들 괴롭힐 때 누가 봐 달라고 할 때 봐준 적 있어?"

질문을 받은 배대식이 아무 말도 못 하자 민준혁이 그럴 줄 알았다는 표정을 지었다.

"남한테 뭘 베풀어 본 적이 없으면서 바랄 걸 바라야지."

"잘못했습니다."

"생각 같아서는 인터넷에 확 풀어 버리고 싶지만 탐정이라서 참는다. 허튼짓하면 바로 다른 애들 찾아가서 죄수의 딜레마 얘기해 준다. 알았어?"

민준혁이 쏘아보자 배대식이 고개를 끄덕거렸다.

"알았어요."

병실 문을 열고 나온 민준혁이 지키고 있던 경찰에게 수고하라는 말을 남기고 복도를 걸어갔다. 안상태가 뒤따라가면서 물었다.

"언제 녹음할 생각까지 했어요. 역시."

"녹음은 무슨, 나 휴대폰 녹음 기능 쓸 줄 몰라."

능청스럽게 얘기한 민준혁이 껄껄거리며 걸었다. 그리고 엘리베이터를 기다리면서 강 형사에게 메시지를 보냈다. 그러면서 안상태에게 말했다.

"한학이 휴대폰으로 다시 문자 좀 보내 봐."

"뭐라고요?"

"공범들이 자백해서 아드님의 원한이 풀릴 거라고 말이야. 그러니까 불법적으로 저지르는 행동은 멈추라고 써."

"불법적으로 저지르는 행동이요?"

"이러다 누가 죽기라도 하면 한학이 어머니만 곤란해질 거야. 그런 건 복수라고 할 수도 없어. 재차의가 아무리 무섭고 신출귀몰하다고 해도 여론을 이기지는 못해."

안상태가 여전히 씩씩거리자 민준혁이 머리를 쓰다듬어 줬다.

"진정하고, 한번 보내 봐. 황한학이 죽었다가 다시 살아났다면 처벌받지 않겠지만 걔네 엄마는 사정이 달라."

때마침 엘리베이터가 도착하면서 문이 열렸다. 안상태는 주머니에서 휴대폰을 꺼내며 대답했다.

"알겠어요."

"나가서 저녁 좀 먹자. 배고파 죽겠네."

안상태는 엘리베이터를 타고 내려가서 병원 로비를 나

오는 사이에 한학이 휴대폰으로 문자를 보냈다. 병원을 나온 민준혁이 주변을 두리번거렸다.

"저기 맘스터치 있네. 가자."

"네."

문을 열고 들어간 두 사람이 키오스크로 주문을 하고 번호표를 받은 창가 자리에 앉았다. 잠시 후, 주문한 햄버거와 음료가 나와서 막 먹으려는데, 안상태의 휴대폰에서 문자 도착 알림음이 들렸다. 햄버거를 한입 베어 문 안상태가 휴대폰을 들여다보고는 잠시 굳어졌다. 그리고 "뭔데?"라고 묻는 민준혁에게 보여 줬다. 문자 내용을 확인한 민준혁이 씩 웃었다.

"그거 봐. 내가 답장 올 거라고 했잖아."

"얼른 먹고 가 봐요."

휴대폰을 옆자리에 내려놓은 안상태는 햄버거를 한입 더 베어 물었다.

*

서둘러 식사를 마친 두 사람은 어두컴컴한 골목을 걸었다. 강 형사와 통화를 끝낸 민준혁이 안상태에게 다시 물었다.

"한학이가 죽은 공원에서 보자고 한 거지?"

"네. 우리가 한 얘기가 사실이냐고 해서 그렇다고 했더니 직접 들어 보겠다고 했어요."

"아들이 죽고 전셋집도 빼고 휴대폰도 없애 버릴 정도였다면 정말 단단히 마음먹은 건데 말이야."

"그러게요."

"그나마 멈춰서 다행이네."

두 사람이 얘기를 주고받으며 공원에 도착했다. 여전히 어둡고 인적이 드물었다. 공원을 쭉 살핀 민준혁이 안상태에게 물었다.

"공원 어디래?"

"잠깐만요. 화장실 쪽으로 오라는 문자가 또 왔네요."

"가자."

화장실 쪽으로 간 두 사람은 주변을 두리번거렸다. 민준혁이 안상태에게 짜증을 냈다.

"없잖아."

"여기로 오라고 했다고요."

안상태가 목소리를 높이자 민준혁이 헛기침을 했다.

"장난 전화는 아니겠지?"

"이런 일로 장난 전화할 부모가 어디 있……."

179

안상태는 말을 끝맺지 못했다. 화장실 쪽에서 뭔가 이상한 소리가 들렸기 때문이다. 그러고 보니 가로등도 불이 꺼진 상태였다. 민준혁도 같은 생각이었는지 가로등을 올려다봤다.

"등이 깨져 있어."

민준혁의 얘기를 듣고 고개를 든 안상태가 중얼거렸다.

"일부러 여길 어둡게 만들었네요."

"뭣 때문에?"

"혹시 우릴 유인한 거 아닐까요?"

안상태의 말에 민준혁이 중얼거렸다.

"설마, 우리가 도와주겠다고 했는데 왜?"

"만약 도움이 필요 없다고 생각했으면요?"

민준혁의 물음에 대답하던 안상태는 뭔가가 내지르는 괴성을 들었다. 듣자마자 다리가 후들거릴 정도로 섬뜩한 울음소리였다. 민준혁은 겁에 질린 표정을 지으며 안상태의 어깨에 손을 올렸다.

"이게 무슨 소리지?"

"잘 모르겠어요."

민준혁과 마찬가지로 무서워진 안상태는 주변을 돌아봤다. 그러다가 화장실 근처 화단에서 두 눈이 빛나는 그것을 발견했다.

"저, 저건."

그것과 눈이 마주친 안상태는 그대로 굳어져 버렸다. 민준혁 역시 그걸 보고는 그대로 굳어 버렸다.

"도무지 있을 수 없는 일이야."

둘이 멍하게 서 있는 사이, 그것은 두 눈에서 빛을 내면서 서서히 다가왔다. 먼저 정신을 차린 건 안상태였다.

"도, 도망쳐요! 아저씨!"

둘은 살려 달라는 비명을 지르면서 어둠 속으로 뛰었다. 하지만 두 사람은 곧 난관에 봉착하고 말았다.

"젠장, 여긴 한학이가 떨어진 곳 아니야?"

숨을 헐떡거린 민준혁의 말에 안상태가 대답했다.

"그러게요. 어떻게 좀 해 봐요."

안상태의 채근에 민준혁이 허겁지겁 휴대폰을 꺼냈다.

"신고! 119 맞지?"

하지만 허둥거리던 민준혁은 휴대폰을 난간 너머로 떨어뜨리고 말았다. 난리를 치는 와중에 검정색 후드를 뒤집어쓰고 눈에서 빛을 내던 그것은 더욱 가까이 다가왔다. 민준혁이 안상태에게 말했다.

"쟤가 한학이야?"

"그, 그런 거 같아요."

"그럼 같은 편이라고 얘기를 좀 해 봐."

"좀비가 그런 얘기를 듣겠어요?"

"넌 왜 그렇게 매사에 부정적이야!"

"지금 상황에서 긍정 회로를 어떻게 돌려요?"

둘이 말다툼을 하며 싸우는 사이, 그것이 더욱 가까이 다가왔다. 둘은 비명을 지르며 주저앉았다.

죽음
너머에서

내 이름은 강미자. 죽은 황한학의 어머니다. 선암도라는 섬
에서 태어났는데 그곳은 무당들의 섬이라고 불릴 정도로 무당
들이 많았다. 우리 집안 역시 무당의 피가 흘렀다. 그게 싫어서
일찍 뭍으로 나와서 평범하게 살려고 발버둥을 쳤다. 하지만
한학이를 낳은 이후 신내림을 피할 수 없었다. 내가 신내림을
피하면 한학이가 나쁜 일을 당할 수 있었기 때문이다. 그렇게
눈물을 머금고 무당이 되었는데 하나밖에 없는 아들이 죽었다.
나는 어떻게 해야 하나? 아들을 괴롭히고 죽인 무리들은 아무
런 처벌도 받지 않고 잘못도 뉘우치지 않았다. 아들의 장례식
장에서 피눈물을 흘리며 굿을 했다. 억울하게 죽은 아들이 돌아
와서 복수를 할 기회를 주기 위해서 말이다.

*

"아니, 이 새끼는 전화를 왜 안 받는 거야?"

복도에 선 강 형사가 짜증 난 말투로 중얼거리자 때마침 옆을 지나가던 최 변호사가 바라봤다. 머쓱해진 강 형사가 휴대폰을 점퍼 주머니에 넣으려는데 카톡이 날아왔다. 긴 내용이라 읽는데 시간이 좀 걸렸다. 카톡을 다 읽은 강 형사가 점퍼 주머니에 넣자 최 변호사가 기다렸다는 듯 다가왔다.

"강 형사님, 배치된 경찰이 이게 전부입니까?"

"네. 적극적으로 협조하라는 공문을 받고 있는 대로 긁어서 데리고 온 거죠."

마음속으로 진정하라고 수백 번을 중얼거렸지만 속에 담긴 짜증은 감출 수 없었는지 목소리가 다소 딱딱했다. 대답을 들은 최 변호사는 금테 안경을 끌어올리면서 복도 쪽을 바라봤다.

"세 명밖에 없잖아요. 그걸로 이 넓은 곳을 어떻게 지킵니까? 우리 아들은 지금 중대한 위험에 놓였다고요."

"숫자가 많다고 장땡은 아니라서요. 그리고 교대를 해야 하는데 한 번에 다 데리고 올 수는 없잖아요."

"아니, 그렇게 부탁을 했는데 말이야."

최 변호사는 기분 나쁘게 위아래로 훑어봤다. 강 형사가 속으로 참자는 말을 반복하는 와중에 병실에서 갑자기 신경질적인 목소리가 들렸다.

"여보! 필립이가 좀 이상해요. 얼른 좀 와 보세요."

아내의 목소리를 들은 최 변호사가 강 형사에게 손가락질을 했다.

"아무튼 인력 좀 더 데리고 와요. 있는 대로 다."

아내가 얼른 와 보라고 다시 얘기하자 최 변호사는 서둘러 병실로 향했다. 그 뒷모습을 보던 강 형사가 입을 삐죽 내밀었다.

"씨발, 경찰을 무슨 하인 부리듯 하네."

강 형사는 돌아서서 엘리베이터 쪽을 바라봤다. 14층의 중환자실들은 사실상 브이아이피용 병실들이었다. 어디가 아픈지 도통 알 수가 없는 환자들과 지친 표정의 간병인들이 세트로 돌아다녔다. 전용 엘리베이터는 일반인들은 탈 수 없도록 별도의 카드로만 작동되었다. 비상구 역시 안쪽이 잠겨 있어서 걸어 올라와도 들어올 수 없었다. 14층의 출입구에는 병원에서 고용한 덩치 크고 자세 잡힌 경비원들이 있었다.

강 형사가 데스크로 향하자 형사들이 자연스럽게 모였

다. 벤치 끝에 앉은 강 형사가 한숨을 푹 쉬었다.

"우리가 말이야. 집 지키는 똥개도 아니고."

그러자 지구대 소속 경찰이었다가 얼마 전에 배치된 막내 임 형사가 이죽거렸다.

"똥개도 이것보다는 더 대접받겠죠. 아까 밥 먹고 오겠다고 하니까 지금 밥이 넘어가느냐고 하더라고요. 나 참."

임 형사의 말에 유도 선수 출신으로 어깨가 넓고 과묵한 김 형사가 고개를 끄덕거리는 것으로 동조를 했다. 둘의 표정을 살피던 강 형사가 말했다.

"우리가 똥개가 되건 말건 할 일은 해야지. 박 형사한테 연락 왔어?"

질문을 받은 두 형사 중 김 형사가 먼저 대답했다.

"네, 방금 톡 해 봤더니 배대식이 입원한 병원에 도착해서 이제 막 들어간다고 했습니다."

"자백 잘 녹음해 놓으라고 해. 이것저것 안 되면 그거라도 써야 할지 모르니까."

"톡 남겨 놓겠습니다."

"다른 피해자들은?"

"남 형사가 돌아보는 중인데 의식이 없거나 아예 면회를 거부하는 경우가 많아서 힘들답니다."

"새끼들, 뭘 잘했다고 버텨, 버티기는?"

혼잣말처럼 중얼거린 강 형사가 멀뚱하게 서 있는 임 형사를 바라봤다.

"경력들 배치는?"

질문을 받은 임 형사는 데스크 쪽을 바라봤다. 그 옆에 검은색 제복에 가스총과 3단 전기 봉으로 무장한 경비원과 제복을 입은 경찰이 나란히 서 있었다.

"중앙 출입구에 한 명을 두고, 비상구 쪽에 한 명, 병실에 한 명씩 배치했답니다. 병실 앞에는 경호원이 있어서 같이 지키는 중입니다. 그쪽에서 바빠 죽겠다고 해서 며칠만 배치해 달라고 손이 발이 되게 빌었습니다."

"며칠 안에 해결되니까 조금만 신경 써 달라고 해. 과장한테 쪼여서 미치겠다. 지금."

지친 표정을 지은 강 형사의 대답에 임 형사가 병실 쪽을 힐끔 바라보면서 물었다.

"근데 빽이 얼마나 대단한데 과장이 푹푹 쪼아 대는 겁니까? 아까 보니까 그냥 변호사던데요."

"일하고 있는 로펌이 대한민국에서 가장 큰 곳이야. 전직 법관 출신 변호사가 한둘이 아니라고. 그리고 저 사람 큰아버지가……."

한숨을 쉰 강 형사가 말을 잊지 못하자 임 형사가 머쓱한 표정을 지었다.

"그런가요?"

민망해하는 임 형사를 바라본 강 형사가 김 형사를 바라봤다.

"강미자 씨는 여전히 행방을 모르는 거야?"

"원래 쓰던 휴대폰을 없앤 상태라 통신 조회를 해도 뭐가 나오지 않습니다."

"주변 인물들 중에도 모른대?"

"아들이 죽고 아예 잠적한 거 같습니다. 주변에 연락도 일절 없고요. 아줌마인지 스파이인지 헷갈립니다."

김 형사의 얘기를 들은 강 형사는 머리를 긁적거렸다.

"환장하겠네. 빨리 해결하라고 쪼아 대는 게 장난이 아닌데."

"그런데 말입니다."

임 형사가 조심스럽게 말을 건넸다.

"죽은 애가 살아서 자기들을 쫓아왔다는 얘기를 믿어야 합니까?"

"잘못 봤겠지. 죄지은 놈 눈에는 보통 사람도 다 자기를 쫓아오는 형사처럼 보이잖아."

강 형사의 말에 두 형사가 숨을 죽인 채 웃었다. 그때, 대기실에 있던 환자 한 명이 텔레비전 채널을 바꿨다. 종편의 토론 프로그램 같았는데 제목이 '학교 폭력 이대로 괜찮은가?'였다. 전직 강력계 형사 남성 패널과 아동 심리학자인 여성 패널이 나란히 앉아 있는 가운데, 양복과 정장 차림의 남녀 진행자의 모습이 보였다. 회색 양복 차림의 남자 진행자가 먼저 입을 열었다.

- 최근 학교 폭력이 선을 넘겼다는 얘기들이 나오고 있습니다. 그런 와중에 최근에 서울의 한 고등학교에서 전대미문의 사건이 벌어지고 있다는데요. 유은주 아나운서가 간단히 소개해 주시죠.

마이크를 넘겨받은 여자 진행자가 심각한 표정으로 화면을 바라봤다.

- 사건의 시작은 며칠 전, 한 공원에서 벌어졌습니다. 새벽에 공원을 산책하던 임 모 씨가 쓰러져 있는 남학생을 발견했는데요. 다행히 목숨을 잃지는 않았지만 온몸에 심각한 타박상과 물린 흔적이 있었습니다.

- 물린 흔적이라니, 개의 습격을 받은 건가요?

남자 진행자의 기습적인 질문에 여성 진행자가 고개를 저었다.

- 경찰 조사 결과 동물이 아니라 사람이 문 것으로 확인되었습니다.
- 마치 좀비처럼요?

남자 진행자의 질문에 패널들이 크게 웃어 댔다. 웃음이 그치기를 기다린 여자 진행자가 대답했다.

- 물린 남학생이 변하지 않았으니까 좀비는 아닌 것으로 추정됩니다. 병원에 실려 간 남학생은 심각한 쇼크 상태에 빠져서 현재도 제대로 의식이 돌아오지 않은 상태인데요. 그다음 날, 같은 학교에 다니는 또 다른 남학생이 사고를 당합니다.
- 어떤 사고죠?
- 자전거를 타고 도로를 지나가다가 트럭에 치인 것이죠. 멀리 튕겨 나갈 정도로 큰 충격을 받아서 복합 골절에

내장이 파열되는 중상을 입은 채 현재도 입원 중입니다.

  - 같은 학교 학생이었다는 거죠. 두 학생이요?

  - 그렇습니다. 그리고 사고가 이어지는데요. 이번에는 학교였습니다. 학교 강당에서 남학생 한 명이 뛰어내리는 일이 벌어졌습니다. 다행히 목숨을 잃지는 않았지만 이번에도 중상을 입고 병원에 입원했다고 합니다.

  여자 진행자의 얘기를 들은 남자 진행자가 고개를 갸웃거렸다.

  - 안타까운 사고이긴 하지만 어떤 연관성은 보이지 않습니다. 그리고 이 사건들이 학교 폭력과 직접적인 연관이 있을까요?

  - 여기까지만 보면 그렇습니다. 하지만 며칠 전 시내를 걷던 남학생이 갑자기 카페의 유리창을 주먹으로 깨는 일이 벌어졌습니다. 그리고 유리 파편을 집고 자기 몸에 마구 그어 대는 일이 벌어졌죠. 마침 지나가던 시민이 촬영한 동영상과 시시티브이 영상을 확보했습니다. 한번 보시죠.

  화면이 바뀌고 누군가 휴대폰으로 찍은 듯한 영상이 보

였다. 사람들의 어깨들이 보이는 가운데 비명이 메아리쳤다. 그 화면을 본 김 형사가 투덜거렸다.

"아니, 저 와중에 찍을 생각을 하는 거야?"

화면이 사람들의 어깨 사이를 헤치고 앞으로 나아갔다. 그리고는 주저앉은 남자아이가 한 손에 피를 철철 흘린 채 괴성을 지르는 모습이 잡혔다. 모자이크 처리를 제대로 안 해서 피범벅이 된 모습이 잠깐씩 보였다. 티브이를 보던 환자와 가족들 몇 명이 손으로 입을 틀어막았다. 황급히 화면이 바뀌고 남자 진행자가 보였다.

- 화면의 블러 처리가 제대로 안 되었네요. 놀라신 시청자 여러분에게 사과드립니다. 사실 이 사건이 공개되면서 큰 파장이 일어났잖아요. 어떻게 이런 일이 벌어진 거죠?

화면이 다시 남성 패널에게 옮겨졌다. 가볍게 헛기침을 한 남성 패널은 카메라를 힐끔 보고는 입을 열었다.

- 대낮에 공개적으로 자해를 하는 영상이 인터넷에 올라오고, 그게 다시 언론을 타게 되었는데요. 앞에 사고가 난 세 학생을 포함해서 이 학생까지가 시내 모 고등학교

의 일진 무리들이었습니다. 일진이 뭐냐면, 소위 자기들끼리 무리를 지어서 학생들의 돈을 갈취하고 괴롭히는 짓을 하는 청소년들이죠. 우리 때는 그냥 교련 선생님이 빳따 몇 번 휘두르면 끝이었는데…….

지켜보던 강 형사가 "저런 꼰대가……."라고 중얼거리는 찰나 다시 화면이 남자 진행자에게로 바뀌었다. 이어폰 때문인지 한쪽 손을 귀에 대고 있던 남자 진행자가 재빨리 말을 이어 갔다.

- 우리 때야 다 그랬죠. 하지만 지금은 세상이 달라졌으니까요. 그 일진들이 왜 차례로 사고를 당한 걸까요? 우연의 일치입니까? 아니면…….

화면이 다시 남성 패널로 옮겨졌다. 뻘쭘한 표정을 짓던 남성 패널이 정면을 바라보고 말을 이어 갔다.

- 경찰 조사에 의하면 아직 뚜렷한 연관성은 밝혀지지 않고 있습니다. 첫 번째 사고가 난 학생의 경우 아직 의식이 없고, 두 번째 사고가 난 학생의 경우에는 자전거를 타

고 가다가 브레이크가 말을 안 듣는 상황에서 이상한 환청이 들렸다고 하네요. 거기에 당황한 나머지 도로로 뛰어들었다가 사고가 난 겁니다. 세 번째로 강당에서 뛰어내린 학생의 경우에는 누군가에게 뛰어내리라는 목소리를 들었다고 합니다. 네 번째로 자해한 학생의 경우에도 길을 걷다가 누군가 주먹으로 유리창을 치라는 소리를 들었다고 증언했습니다.

화면이 여성 진행자를 비췄다.

- 첫 번째 학생을 제외하고는 모두 환청을 들었다고 했는데요. 어떤 경우에 환청이 들리는 건가요?
- 약을 한 거죠.

남성 패널의 짤막한 대답에 티브이 안의 출연진들은 물론 병원에서 방송을 보던 사람들 모두 빵 터지고 말았다. 웃음소리가 그치기를 기다린 남성 패널이 두 손을 깍지 낀 채 설명을 이어 갔다.

- 아이들이 무슨 약이냐고 할 수도 있겠지만 현재 대한

민국 청소년들이 마약으로부터 안전하지가 않습니다. 환청은 전형적인 환각 증상 중에 하나죠. 현재 경찰에서 피해 학생들의 혈액 검사를 국과수에 의뢰한 것으로 알고 있습니다. 검사 결과가 나오면 정확히 알 수 있을 겁니다.

웃음이 그치고 분위기가 무거워졌다. 그러자 여자 진행자가 다시 물었다.

- 같은 학교의 일진 학생들이 똑같이 환청을 겪었다는 건 함께 상습적으로 마약을 사용했다고 볼 수 있다는 견해이신가요? 아직 밝혀지지는 않았습니다만 사실이라면 진짜 큰 문제인데요. 어떻게 생각하십니까? 곽정민 박사님?

이번에는 화면이 여성 패널에게 넘어갔다. 주홍색 정장을 입은 여성 패널이 차분하게 말했다.

- 최근 학생들의 약물 중독 현상이 심각한 사회 문제가 되고 있습니다. 인터넷을 통해 비트코인으로 거래를 하고 던지기라는 수법을 쓴다고 해요. 그러면 경찰도 단속하기

가 어려워집니다. 여기에 대한 대책을 세우지 않으면 정말 큰 문제가 발생할 수 있습니다.

원론적인 대답이라 그런지 여성 진행자는 별로 마음에 들지 않는 눈치였다. 그러자 남성 패널이 끼어들었다.

- 곽 박사님 말대로 진짜 심각한 문제가 될 겁니다. 아무튼 이 사건으로 다시 돌아와서 말씀드리겠습니다. 문제의 일진들이 사고를 당하면서 공통적으로 누군가의 이름을 외쳤다고 합니다. 바로 그들이 얼마 전에 괴롭혔다가 목숨을 잃은 같은 학교 학생입니다.

강 형사가 팔짱을 끼고 지켜보는 사이, 보고 있던 다른 환자와 보호자들이 술렁거렸다. 설명을 들은 여성 패널이 다소 이해가 가지 않는다는 표정으로 물었다.

- 그럼 그 학생을 죽게 한 것에 대해서 죄책감을 느껴서 자해 소동을 벌인 걸까요?

- 아뇨, 죄책감을 느낄 정도면 일진 노릇을 하지 않죠.

뭔가에 대한 압박과 두려움이 자해 소동으로 이어진 것 같습니다. 경찰 내부 소식통에 의하면 말이죠.

잠깐 헛기침을 한 남성 패널이 말을 이어 갔다.

- 피해 학생들은 자신들의 괴롭힘에 의해 사망한 학생의 시체가 되살아난 모습을 보았다고 합니다. 공통적으로 말입니다.

남성 패널의 말에 스튜디오는 잠시 침묵이 흘렀다. 겨우 남자 진행자가 입을 열었다.

- 죽은 학생을 봤다는 건 그 학생이 살아 있다는 뜻입니까? 아니면…….
- 역시 환각 증상으로 추정됩니다. 피해 학생들에게 이름이 불린 학생은 확실히 사망했습니다.
- 역시 환각 증상이라고 보시는군요.
- 그렇습니다. 다만 경찰이 이제부터 집중적으로 조사해야 할 점은 괴롭힘을 당한 학생의 죽음에 피해 학생들이 직접적으로 개입했는지 그 여부입니다. 학교 측의 조사

결과로는 다툼이 있던 중에 괴롭힘을 당하던 학생이 갑자기 난간 위로 올라갔다가 뛰어내렸다고 합니다. 조사 결과를 죽은 학생의 어머니가 수긍하면서 넘어간 건데요. 이런 식의 사고였다면 과연 피해 학생들이 그런 과대망상과 환각에 시달릴 이유가 있을까 의심하는 시선도 있습니다.

남성 패널의 설명을 들은 여성 패널이 심각한 표정으로 물었다.

- 그럼 다른 일이 있었다는 말씀이십니까?
- 지금 피해 학생들의 범죄 행각에 대한 제보들이 쏟아져 들어오고 있습니다. 이번 사건과 관계없이 경찰이 조사해서 범죄가 맞다면 처벌을 해야만 합니다. 그리고 죽은 학생이 과연 자기 의지로 뛰어내렸는지 아니면 강요나 협박, 혹은 떠밀렸는지에 대해서도 조사를 해 봐야만 합니다. 그리고 학교에서 이런 사건을 왜 가해 학생들의 얘기만 듣고 조사를 종결했는지도 알아봐야죠.

방송을 보고 있던 누군가가 콧방귀를 뀌면서 부모 빽 때문 아니겠느냐고 중얼거렸다. 다들 맞장구를 치는데 어떤 환자가 이런 뉴스 지겹다면서 채널을 바꿔 버렸다. 그러자 방금 뺵 얘기를 하던 남자가 일어나서 왜 바꾸냐고 소리를 쳤다. 둘이 삿대질을 하면서 다투는 찰나, 갑자기 병실 복도의 불이 꺼졌다. 놀란 강 형사가 벌떡 일어났다.

"뭐, 뭐야?"

잠시 후, 비상등이 켜졌지만 복도는 여전히 어두웠다. 놀란 간호사들이 이리저리 뛰어다니는 가운데, 강 형사는 최필립이 입원한 병실로 뛰어갔다. 두 형사들도 뒤를 따랐다. 복도 끝에 있는 병실 앞에는 경찰과 경호원이 우왕좌왕하고 있었다.

"비켜!"

강 형사의 호통에 경찰이 옆으로 비켜났다. 경호원은 문 앞을 지키고 있었지만 덩치 큰 김 형사가 눈을 부라리자 옆으로 물러났다. 문을 열고 안으로 들어가자 비상등만 겨우 들어온 어두컴컴한 병실 전경이 눈에 들어왔다. 창가 쪽 침대에 누워 있던 최필립이 몸부림을 치는 중이었고, 최 변호사와 다른 경호원 한 명이 그런 최필립을 진정시키려 붙잡는 중이었다. 고개를 돌린 최 변호사가 병실에 들어온 강 형사에게 소리쳤다.

"어떻게 좀 해 봐요!"

"일단 아드님부터 진정시키세요."

"진정이 안 된다니까!"

최 변호사의 외침과 동시에 최필립이 몸부림을 치면서 소리쳤다.

"잘못했어! 잘못했다고! 내가 죽이려고 그런 게 아니었어. 그냥 씨발, 밀었던 것뿐이야!"

아들의 얘기를 듣고 당황한 최 변호사가 입을 틀어막았다. 하지만 최필립은 몸부림을 치면서 틀어막은 손을 뿌리치고 소리를 쳤다.

"죽은 거 같아서 그냥 난간 너머로 밀었어! 내가 했다고! 잘못했어, 살려 줘! 지금 미치겠어! 이 목소리 좀 어떻게 해 줘요. 아빠! 나 미치겠어!"

"이놈아! 진정해! 아빠가 지켜 준다고 했잖아! 그건 사고였어. 사고라고!"

그 와중에 병원 유니폼을 입은 모자 쓴 직원이 들어왔다. 경호원이 들어오지 말라고 소리쳤지만 직원이 퉁명스럽게 응수했다.

"불이 꺼져서 고쳐 달라고 해서 왔어요. 그냥 나갈까요?"

머쓱해진 경호원이 얼른 고치고 나가라고 대답했다. 직

원들은 창가와 벽의 배선들을 살펴봤다. 그러면서 계속 이상이 없다는 말만 반복했다. 그 와중에 불은 켜졌다 꺼졌다가를 반복했다. 초조하게 지켜보던 강 형사는 무심코 복도 쪽을 바라봤다가 깜짝 놀랐다.

"무슨 연기야? 저게."

복도 쪽에서 하얀 연기가 마치 살아 있는 것처럼 스물스물 흘러 들어왔다. 강 형사가 임 형사에게 소리쳤다.

"야! 문 닫아!"

임 형사가 달려가서 한 손으로 문을 닫았지만 문틈으로 계속 연기가 스며 들어왔다. 그 와중에 병원 직원은 계속 원인을 알 수 없다는 말만 반복했다. 모든 게 미쳐 돌아가자 최필립은 더 발광했다.

"잘못했어! 사실 네가 살려 달라고 속삭인 걸 들었어! 하지만 그냥 밀어 버렸어. 네가 살아 있으면 더 곤란할 거 같았거든. 미안해. 제발, 용서해 줘!"

발광을 하다가 흐느껴 우는 최필립을 보면서 당황하던 최 변호사는 정체 모를 연기를 살피던 병원 직원이 다가와서 원인을 알 수 없다고 하자 폭발하고 말았다.

"야! 이 새끼야! 똑바로 안 해?"

직원의 멱살을 잡은 최 변호사가 으름장을 놨다.

"당장 불부터 들어오게 만들어. 안 그러면 병원장에게 말해서 네 모가지를 날려 버릴 거야! 알겠어?"

최 변호사의 호통에 병원 직원은 알겠다면서 굽실거렸다. 그리고는 침대 쪽으로 다가가서 매트리스 아래를 살폈다. 당황한 최 변호사가 물었다.

"거기에도 배선이 있어?"

그러자 몸을 일으킨 병원 직원이 작은 연필처럼 생긴 녹음기를 흔들어댔다.

"아뇨. 녹음기가 있어요."

"그건 또 뭐야?"

놀란 최 변호사의 물음에 변장을 위해 쓰고 있던 모자와 병원 유니폼을 벗어 던진 민준혁이 대답했다.

"아까 감춰 둔 겁니다. 아드님 자백이 필요해서요."

"무슨 개소리야! 이봐요. 경찰들 뭐해. 이 새끼 체포해! 수갑 채우라고!"

최 변호사의 얘기에 강 형사가 아까와는 달리 느긋한 표정을 지었다.

"무슨 죄목으로요?"

"병실에 함부로 들어왔잖아. 그러니까……."

마음속으로 죄목이 될 만한 걸 찾아봤지만 딱히 떠오르

지 않았는지 최 변호사의 목소리가 점점 작아졌다. 얼른 강 형사 뒤에 숨은 민준혁이 얄밉게 말했다.

"어마어마한 사고, 아니 범죄를 저질렀으니까 아드님이랑 좀 오랫동안 못 만나시겠네요."

민준혁의 말에 최 변호사가 허리에 손을 올린 채 대꾸했다.

"흥, 몰래 숨겨 둔 녹음기로 녹음한 건 증거로 채택이 안 돼!"

"물론이죠. 그래서 법정으로 가져갈 생각은 없어요."

"뭐라고?"

놀란 최 변호사가 움찔하는 사이, 민준혁이 병실 문으로 뒷걸음질 쳤다.

"사이버 렉카 몇 명한테 풀 겁니다. 조회 수 많이 나온다고 좋아하겠네요."

"야!"

최 변호사가 삿대질을 하면서 다가오자 민준혁이 씩 웃으면서 병실 밖으로 나갔다.

"아드님 신상은 둘째 치고 당신도 좀 지장이 있을 겁니다. 참, 큰 형님이 누구라고 했죠? 그분도 곧 백수 되겠네요."

민준혁의 얘기에 사색이 된 최 변호사의 말투가 달라졌다.

"이봐! 진정하고 말로 하자고……. 다 서로서로 좋은 게 좋은 거 아니겠나. 내가 그 녹음기를 살게. 얼마면 돼!"

"이건 파는 게 아닙니다. 안녕히 계세요."

민준혁이 사라지자 최 변호사가 놀라서 달려 나갔다. 하지만 병실 입구에서 미끄러지고 말았다. "어이쿠!"라는 비명을 들은 민준혁은 복도에서 소화기를 들고 서 있던 안상태와 하이 파이브를 했다.

"잘했어. 조수."

"타이밍 죽였죠?"

"그럼, 어서 가자."

두 사람은 다시 불이 들어와서 어리둥절해하는 환자들과 간호사들을 뚫고 엘리베이터를 탔다. 1층 로비는 놀랄 만큼 조용했다. 대부분의 방문객들은 14층에서 무슨 일이 일어났는지 전혀 모르는 눈치였고, 간호사들도 최대한 티를 내지 않았다. 그런 모습을 보면서 안상태가 민준혁에게 물었다.

"모르는 거예요? 모르는 척하는 거예요?"

"둘 다. 14층은 못 올라가는 곳이잖아. 덕분에 우린 맘

놓고 작전을 짤 수 있었던 거고."

병원을 나와서 도로를 건너가자 신호등 앞에 그녀가 서 있었다. 초췌한 표정의 그녀는 두 사람을 보고는 고개를 숙여 인사했다. 민준혁이 손에 들고 있던 녹음기를 보여 줬다.

"최필립이 털어놨어요. 법정에서는 쓸 수 없겠지만 인 터넷에는 풀 수 있을 겁니다."

"그거면 충분해요. 어차피 법정에 세워 봤자 제대로 처 벌받지 않을 거예요."

강미자의 말에 민준혁이 고개를 끄덕거렸다.

"저도 같은 생각입니다. 녹음기 드릴 테니까 제가 알려 준 유튜버들에게 연락해 보세요."

"정말 고마워요. 이제 아들이 편히 가겠네요."

"그리고 약속대로 경찰에 자수하세요."

"알겠어요. 나도 잘못한 게 있으니까 피할 생각은 없어요."

"처벌받으시고 일상생활로 돌아가셔야죠."

민준혁의 말에 강미자는 불이 환하게 켜진 병원을 바라 보면서 중얼거렸다.

"내가 그럴 자격이 있을까요?"

"충분히요. 한학이도 그걸 원할 겁니다."

얘기를 주고받는 사이에 신호가 바뀌었고, 건너편에서 강 형사가 헐레벌떡 뛰어왔다. 숨을 헐떡거리는 강 형사에게 민준혁이 물었다.

"어때요?"

"난리도 아니지. 걔네 아빠가 지금 큰아버지에게 전화하고 난리다."

"괜찮겠어요?"

안상태의 물음에 강 형사가 씩 웃었다.

"잘해 봐야 시말서겠지. 더러운 꼴 안 봐서 좋으니까 염려 마라."

그리고는 강미자에게 고개를 숙였다.

"경찰을 대신해서 사과드립니다. 우리가 잘했으면 아드님이 변을 당하지도 않았을 거고, 가해자들이 저렇게 편안하게 지내지도 못했을 겁니다. 정말 죄송합니다."

"며칠만 말미를 주시면 꼭 자수하러 가겠습니다."

강미자가 사과를 받아들이고는 돌아섰다. 그런 강미자의 뒷모습을 보면서 강 형사가 민준혁에게 말했다.

"연락이 계속 안 돼서 무슨 일이 난 줄 알았잖아."

"무슨 일이 나긴 했죠. 하마터면 공원에서 좀비, 아니 재차의에게 당할 뻔했으니까요."

그러면서 안상태를 바라봤다. 안상태가 바지를 걷어서 멍든 무릎을 보여 줬다.

"도망치다가 넘어졌어요. 이거 보험 처리 안 돼요?"

"뭐, 크게 다치지도 않았구만. 아까 카톡으로 내용을 보긴 했는데 어떻게 된 거야?"

안상태가 병원을 올려다보면서 입을 열었다.

"어제 공원에 갔다가 한학이를 만났어요. 정확하게는 한학이로 변장한 연극배우였네요."

"왜 변장을 했는데?"

"한학이 어머니가 아들의 복수를 위해서 고용한 거였어요."

그러면서 몸서리를 친 안상태가 덧붙였다.

"아들 휴대폰으로 간 제 문자를 보고 함정이라고 생각했나 봐요. 그래서 공원으로 데리고 와서 놀래켜서 쫓아버리려고 했는데 제가 낌새를 챘죠. 그래서 현장에 있던 한학이 어머니에게 자초지종을 들었어요. 그리고 마지막 남은 최필립에게 자백을 받는 걸 도와주기로 했고요. 단, 더이상 다치는 사람이 나오지 않게 하고 경찰에 자수한다는 조건으로요."

"그럼 죽은 황한학이 살아 돌아온 건 아니었네?"

"굿을 한 건 사실이었어요. 그런데 실패했죠. 사실 죽은 사람을 살린다는 게 말이 안 되잖아요."

"그렇긴 하지."

"그래서 다른 방식으로 복수하기로 한 거예요. 우선 한학이를 닮은 연극배우를 섭외해서 최필립 앞에 나타나게 한 거죠."

"자기가 죽인 아이가 눈앞에 다시 나타나면 겁을 먹을 거라고 생각한 거구나."

"맞아요."

고개를 끄덕거린 강 형사가 물었다.

"그럼 애들이 이상한 짓을 한 건?"

"선암도 무당들의 비기였대요."

"삐끼?"

강 형사의 반문에 민준혁이 끼어들었다.

"삐끼가 아니라 비기요. 섬에서 나는 풀 몇 가지를 섞어서 만든 약을 바르거나 마시거나 흡입하면 환각 증상이 나타나요. 그중 하나가 바로 죽은 사람들을 보는 거예요. 그러니까 실제 죽은 사람을 돌아오게 하는 게 아니라 환각을 보게 만드는 거였어요. 그 풀들로 만든 약을 걔들한테 몰래 쓴 거죠."

민준혁의 설명을 들은 강 형사가 입을 벌렸다.

"섭외된 가짜 황한학을 보고, 환각 증상을 일으키는 약에 취해서 뛰어내리고 자해한 거였군."

"맞아요. 첫 번째로 당한 김진수는 공원으로 유인한 뒤에 마구 때리고 물어서 마치 기괴한 존재한테 당한 걸로 만들었고요. 덕분에 다른 아이들은 진짜로 공포감에 휩싸였어요. 법적으로 처벌하지 못하는 대신에 그것보다 몇 배는 더 강한 공포감을 심어 준 겁니다."

"강미자 씨 진짜 머리 잘 썼네. 그런데 어떻게 14층만 불을 끈 거야? 카톡으로 보긴 했는데 설마 했지."

"강미자 씨 사촌 오빠가 병원 기계실에 근무해요."

"아하, 그랬구나."

대화를 마친 세 사람은 약속이나 한 듯 병원을 올려다봤다. 안상태가 두 어른에게 물었다.

"이제 어떻게 될까요?"

그러자 민준혁이 어깨에 손을 올리며 대답했다.

"유튜브에 풀리면 엄청난 손가락질을 받겠지. 아마 아버지도 로펌에서 잘릴 거고, 큰아버지도 자리에서 물러나야 할 거야."

"하지만 그냥 살던 뉴질랜드로 이민 가면 그만이잖아

210

요. 모아 둔 재산이 있으니까 먹고 사는 데는 지장 없을 거고요."

"적어도 자기가 뭘 잘못했는지는 평생 기억하겠지. 더 많은 재산을 모을 기회가 사라진 거니까."

그때 강 형사의 휴대폰이 울렸다. 돌아서서 전화를 받은 강 형사가 짧게 통화를 하고는 두 사람에게 돌아섰다.

"병원에 남은 형사에게 전화가 왔는데 최필립이 계속 울기만 하고 상태가 안 좋은가 봐. 괜찮아지는 대로 체포할 예정이래."

"충격을 심하게 받은 건가요?"

민준혁의 물음에 강 형사가 대답했다.

"죄책감에 사람이 붕괴된 거지. 부풀어 있던 마음이 쪼그라들면 껍데기밖에는 안 남거든."

"우아, 강 형사님 되게 문학적이시네."

"야, 한때 문청이라고 했잖아. 지금도 맘먹고 쓰면 신춘문예 당선은 일도 아니지."

강 형사의 말에 민준혁이 맞장구를 쳤다.

"그럼요. 단숨에 베스트셀러가 될 겁니다."

둘이 얘기를 주고받는 걸 본 안상태가 끼어들었다.

"배고픈데 어디 가서 저녁이나 먹어요."

그러자 강 형사가 손사래를 쳤다.

"둘이 먹어. 나는 최필립 똘마니들 잡으러 가야 하니까."

"전부 다 체포하는 건가요?"

"이제 촉법소년도 아닌데 뭐……. 한 놈이 자백했으니까 다들 앞다퉈 털어놓겠지. 그걸 뭐라고 했더라 죄수의 딜?"

"딜레마요."

유쾌하게 웃으며 대다하는 민준혁에게 강 형사가 웃음으로 대답했다. 강 형사가 멀어지자 민준혁이 안상태를 내려다봤다.

"뭐 먹으러 갈까?"

"맛있고 비싼 거요."

"알았어. 가자."

둘은 유쾌하게 웃으면서 신촌의 인파들 사이로 섞여 들어갔다.

그 앞에는
반드시 빛이 있을 겁니다

《명탐정과 되살아난 시체》에 등장하는 주인공들인 민준혁과 안상태는 청소년 추리 소설에 자주 등장하는 저의 페르소나들입니다. 아울러, 이 책은 북멘토에서 출간한 〈개봉동 명탐정〉 시리즈의 3편 격이자 마지막 편이기도 합니다. 청소년 소설을 쓰게 되면 항상 소재에 대한 고민을 합니다. 좋은 이야기를 들려주고 싶고, 행복한 결말을 내고 싶지만 현실은 그런 것들과 거리가 머니까요.

사실 민준혁과 안상태가 시리즈 내내 조사하고 해결한 사건들은 대부분 우리 사회, 특히 학교가 가지고 있는 문제에서 비롯되었습니다. 왕따와 학교 폭력, 가출팸과 사이

비 종교같이 우리 곁에 존재하지만 대부분은 외면하는 그런 문제들 말이죠.

이번 작품에서도 직접적으로 학교 폭력을 다루고 있습니다. 사회의 축소판이라고 할 수 있는 학교에서는 학생들 사이에도 계급이 나눠집니다. 공부 잘하는 아이와 못하는 아이, 좋은 집에 살고 부모가 잘나가는 아이와 그렇지 못한 아이로 말이죠. 학교 폭력과 왕따는 은밀하게 이뤄지기 때문에 어른들의 눈에는 잘 보이지 않습니다. 보이지 않는다는 이유로 외면하고 모른 척했던 결과물이 바로 촉법소년 논쟁입니다. 우리가 그동안 얼마나 청소년들을 모르고 있었는지를 알려 주는 일이기도 하죠.

저는 좀비를 좋아합니다. 물론, 좀비가 이렇게 유명해질 줄 알고 좋아한 건 아닙니다. 왜 좀비를 좋아하느냐는 질문을 정말 수도 없이 많이 받습니다. 그때마다 각각 대답이 달라지지만 사실 뭔가를 좋아한다고 논리적으로 설명하면 이미 덕후가 아닌 겁니다. 제가 왜 좀비를 좋아하는지는 이론적으로 설명할 수 없지만, 여하튼 좀비를 좋아합니다. 그래서 청소년 소설에 항상 좀비를 넣고 싶어 했습니다. 그래서 이번 시리즈의 마지막을 장식하는 장치로 넣어 봤습니다.

누구에게나 삶이 죽음보다 고통스러운 시기가 존재합니다. 하지만 재차의나 좀비의 이야기를 보면 그 어떤 죽음도 삶보다 좋다고 할 수는 없습니다. 만약 그렇지 않았다면 죽은 뒤에 다시 살아나고자 했던 사람들에 대한 여러 전설들이 지금 우리에게 전해 내려오지는 않았을 겁니다.

《명탐정과 되살아난 시체》에서는 좀비와 탐정을 통해서 우리 사회가 가지고 있는 모순에 대해서 얘기해 보고 싶었습니다. 세상은 살기가 좋아졌는데 왜 우리의 삶과 학교는 점점 더 무섭고 험악해지는지 말입니다. 좀비가 나오기 때문에 비현실적인 이야기일 거라는 편견을 가지고 계셨더라도 책을 다 읽고 난 지금은 모두 해소되셨을 거라고 생각됩니다. 이야기 속에 나오는 등장인물들, 특히 악당들은 제가 직접 이야기를 들은 것을 가지고 재창조했으니까요.

글을 쓰면서도 서글펐습니다. 현실에서도 재차의 같은 존재가 나타나야만 겨우 학교 폭력 피해자의 억울함을 해결할 수 있지 않을까 하는 의문이 들었기 때문입니다. 또한 학교 폭력 가해자를 제대로 가르치고 이끌어 줄 시스템을 우리 사회가 거의 갖추고 있지 않다는 생각이 들었기 때문입니다. 하지만 저는 여전히 희망의 끈을 놓고 있지 않습니다. 세상은 조금씩 나아진다고 그렇게 믿고 있습니다. 그러니까 이 책을 읽는 청소년 독자들이 어떤 어려운 상황에 있더라도 부디 희망을 잃지 않았으면 합니다. 내 앞에 놓인 길이 어둠처럼 보이더라도 꿈을 잃지 마세요. 그 앞에는 반드시 빛이 있을 겁니다.

여하튼 좀비를 좋아하고,

추리 소설을 사랑하는

작가 정명섭